Die Törtchen des Schreckens

von Andrè Hein

AF281136

Es ist Band drei zur Buchreihe:

Die Fünf vom MBO

Band eins:

Die Kekse der Verdammnis

Ist unter ISBN: 978-3-7460-8010-9
im Handel erhältlich.

Band zwei:

Der Kakao des Wahnsinns

Ist unter ISBN: 978-3-7583-1185-7
im Handel erhältlich.

Eventuell erscheint noch ein vierter Band.

Es ist das bislang gefährlichste Abenteuer, welches Kendra, Christian, Trixy, Ben und Frau Milda bestehen müssen. Wohin und vor allem warum ist der Historiy-Club wieder mal verschwunden? Werden die fünf es auch dieses Mal wieder schaffen, Christians Vater und Herr Krause noch rechtzeitig zu retten?

Wird die Unterstützung von Frau Burgbauer, Christians Mutter, Frau Gräfin sowie des Herrn Grafen reichen. Wird Christian Otto von Hirschberg bei den Ritterspielen besiegen? Und was ist mit Ben los? Kann er die Wette mit Luca überhaupt gewinnen?

Alle Personen in dieser Geschichte sind frei erfunden. Übereinstimmungen oder Ähnlichkeiten mit lebenden oder verstorbenen Personen sind daher absolut unmöglich!

Kindern wird empfohlen, die hier dargestellten Aktionen auf keinen Fall allein, sondern nur unter Aufsicht von fachkundigen Erwachsenen auszuführen.

Ich danke Yvette und Noa für ihre Unterstützung.

André Hein

Die Törtchen des Schreckens

Ein Krimi der eigentlich keiner ist

Impressum

Bibliografische Information der Deutschen Nationalbibliothek:
Die Deutsche Nationalbibliothek verzeichnet diese Publikation in der
Deutschen Nationalbibliografie; detaillierte bibliografische Daten sind
im Internet über http://dnb.dnb.de abrufbar.

Lektorat: Autor
Korrektorat: Autor

Verlag: BoD • Books on Demand GmbH, In de Tarpen 42,

22848 Norderstedt

Druck: Libri Plureos GmbH, Friedensallee 273, 22763 Hamburg

ISBN: 978-3-7597-9395-9

Kapitel		Seite

1 Der Traum

Als Kendra ihre Augen aufschlug, konnte sie nicht gleich erkennen, wo sie sich befand. Da war nur ein flackernder Lichtschein, welcher vermutlich von einem kleinen Feuer erzeugt wurde. So konnte sie aber erkennen, dass es sich um eine Höhle handeln musste, in welcher sie sich befand. Eigenartigerweise fühlte sich der Boden, auf dem sie lag, weich und warm an. Trotzdem hatte sie ein mulmiges Gefühl, denn sie konnte sich nicht daran erinnern, wie sie hierhergekommen war. Da hörte sie auf einmal ein lautes Gebrüll. Etwas Unbekanntes näherte sich mit donnernden Schritten. Sie wollte aufstehen, aber sie konnte sich nicht bewegen. Irgendetwas hielt sie fest. Da strömte plötzlich weißer Rauch durch den Höhleneingang und erfüllte den ganzen Raum. Urplötzlich waren da zwei rot leuchtende Augen. Jetzt kam in ihr doch etwas Panik auf, denn der mit graugrünen Schuppen besetzte Kopf gehörte zu einem Drachen, welcher sich ihr mit messerscharfen Krallen-Füßen Schritt für Schritt näherte. Dieser begann dann auch noch sein riesiges Maul aufzureißen. Der Anblick der großen und spitzen Zähne ließ Kendras Hoffnung auf Rettung schwinden. Sie wollte schon aufgeben. Da ertönte ein Jagdhorn und auf einmal stand da Christian in Ritterrüstung, mit Schild und Schwert vor ihr und rief mit der Stimme ihrer Mutter: „Aufstehen, Kendra, du Schlafmütze. Der Schulbus fährt gleich." Hätte ihr Vater nicht ein Geländer am Bettgestell angebracht, wäre sie wohl vor Schreck aus ihrem Hochbett gefallen. Sie sah sich verschlafen um und war sichtlich erleichtert, dass es nur ein Traum war. Sie fühlte etwas Eckiges und stellte fest, dass da ein Buch im Geländer klemmte. Es war auch noch ihr Lieblingsbuch, welches von Drachen, Hexen und Zauberern handelte. Wie sie es hervorzog, sah sie, dass es Knitterfalten hatte. Scheibenkleister, dachte sie, denn schließlich hatte sie es von Christian geschenkt bekommen.

Mit Christian hatte sie sich bereits am ersten Schultag angefreundet. Er war der jüngste Spross der hiesigen Adelsfamilie und hieß mit Familiennamen von Laufenfels. Seine Mutter war Angestellte und Beraterin der Familie von Laufenfels. Sein Vater, der Sohn des Grafen, hatte sich in sie verliebt. Die Grafenfamilie akzeptierte diese Beziehung und überließ ihnen das geräumige Herrenhaus am Rande der Stadt. Zusammen mit Christian hatte sie schon einige Abenteuer erlebt. Je öfter sie mit ihm gemeinsam Zeit verbrachte, desto mehr hatte sie das Gefühl, dass da nicht nur Freundschaft war. Doch jetzt hörte sie, wie ihre Mutter in der Küche mit Tassen und Tellern hantierte. Dies war ein Zeichen, dass sie sich mit dem Anziehen beeilen sollte. Wegen des Buches würde sie wohl ihren jüngeren Bruder Ben um Hilfe bitten müssen. Der weiß bestimmt, wie man die zerknitterten Seiten wieder glatt bekommt.

Kendras Familie war vor mehr als einem Jahr nach Nimmerstadt in die alte Bäckerei der Großeltern gezogen. Diese hatten die Bäckerei ihrer Tochter überlassen und wohnten jetzt im geräumigen Gartenhaus des Grundstückes. Kendras Vater hatte seiner Frau ihren sehnlichsten Wunsch erfüllt und die Bäckerei zu einem Wohnhaus mit Backwarengeschäft umgebaut. Mit dem Umzug in die alte Bäckerei mussten auch Kendra und ihr Bruder ins hiesige Joseph-Gärtner-Gymnasium wechseln. Der Schulstart war für Kendra nicht leicht. Doch mit Christians Hilfe und ihrem Geschick, auf Menschen zuzugehen, hatte sie es geschafft, nicht nur neue Freunde zu gewinnen, sondern auch mit ihnen mehrere Abenteuer zu bestehen. Zusammen mit Frau Milda, Trixy, Christian und Ben gründeten sie Mildas Bücher-Orden, abgekürzt MBO. Es war ein Geheimbund, deren Namen sich die Chemielehrerin und stellvertretende Bibliothekarin Frau Maxi Milda ausgedacht hatte, um nach außen hin ihre Treffen zu legalisieren. Frau Milda war die Erwachsene der Gruppe, besser gesagt, General und gleichzeitig gute Fee, welche aufpasste, dass alles in geordneten Bahnen verlief und in keiner Katastrophe endete. Mit dem zweiten Abenteuer kamen weitere helfende Mitglieder dazu. Da waren Frau Burgbauer, die Leiterin vom Stadtmuseum und Kendras Cousine Imani. Imani ist nicht immer in der Stadt, da ihr Vater eine Geisterbahn besitzt und sie von einem Rummel zum nächsten reist. Jetzt wurde es schon lauter in der Küche, für Kendra der Hinweis, dass es jetzt höchste Eisenbahn war, sich nach unten zu begeben.

2 Im alten Schulbus

Jetzt hörte sie, wie ihre Mutter mit strengem Ton laut rief: „Kendra, wo bleibst du nur, du musst gleich los und hast noch nichts gefrühstückt!" Erschrocken schaute Kendra auf die Uhr. Nun musste sie sich aber wirklich sputen.

Normalerweise müsste sie schon im Schulbus sitzen, doch heute ist kein normaler Unterricht, sondern Exkursionstag. Ihr Klassenlehrer Herr Beyer hatte zusammen mit Frau Milda und Frau Burgbauer eine Exkursion zum Besucherbergwerk und zur Drachenhöhle organisiert.

Aus der Küche roch es schon nach Toast und Kakao. Mutter hatte ihre schwarzen langen Haare hochgesteckt und stand am Küchentresen. Dieser war aus rustikalem Eichenholz und befand sich zusammen mit dem Herd in der Mitte des Raumes. Als Kendra die Küche betrat, schaute sie sich um und fragte: „Wo ist eigentlich Ben?" Mutter zog ihre Stirn in Falten und antwortete: „Er hat sich scheinbar einen Magen-Darm-Infekt eingefangen und wird wohl heute nicht mitkommen können. So wie ich von Trixys Vater erfahren habe, wird er sich wohl bei Trixy angesteckt haben." Ach ja, das hatte Kendra ganz vergessen; Bens Klasse wollte heute auch zur Drachenhöhle. Sie bestätigte gleich: „Kein Wunder, so oft wie die beiden letzter Zeit zusammen sind." Ihre Mutter antwortete: „Ja, und so wie ihr Vater sagte, wird sie wohl auch nicht am Ausflug teilnehmen können."

Zum Leid von Kendra war es der alte, gelbe Schulbus, welcher die Klasse zum Parkplatz am Besucherbergwerk brachte. Sie konnte sich einfach nicht an den alten Charme, so wie es ihr Bruder Ben immer nannte, gewöhnen. Für sie waren diese abgewetzten Ledersitzbänke nicht geheuer. Doch Kendra hatte es geahnt und in weißer Voraussicht keine durchlöcherte Jeans angezogen. Außerdem legte sie ihre grüne Bomberjacke auf die Sitzfläche. Christian amüsierte sich heimlich darüber. Kendra wusste trotzdem Bescheid und gab ihm einen kleinen Stoß mit dem Ellenbogen. Sie blickte dabei in Fahrtrichtung und verzog keine Miene. Christian verkniff sich sein Lachen und fragte: „Weißt du, was mit Trixy ist?" Kendra antwortete: „Sie hat vermutlich den gleichen Infekt wie Ben." „Waren sie wieder zusammen?", fragte Christian mit einem Augenzwinkern. „Was du schon wieder denkst. Du weißt doch, Trixy bringt Ben immer noch das Skateboarden bei", kam es gleich von Kendra zusammen mit einem weiteren Ellbogenstoß. Er rieb sich seine Rippen, wechselte das Thema und fragte: „Was hältst du von Herrn Boubas Idee mit dem Sommer-Biathlon-Wettkampf? Ob Herr Krause das auch gemacht hätte? Weißt du übrigens, was Herr Krause jetzt so macht?" Kendra schaute immer noch in Fahrtrichtung und antwortete: „Opa hat gesagt, dass Herr Krause heute auch beim History-Club dabei ist. Ich denke, dass er die Sache mit dem Sommer-Biathlon-Wettkampf auch gemacht hätte. Vermutlich aber nicht nur als Mixstaffel." Jetzt drehte sie sich zu Christian und fragte ihn mit einem Augenzwinkern: „Und übrigens hast du schon eine Partnerin für den Wettkampf?" Er wurde auf einmal etwas rot und fragte schüchtern: „Na ja, wenn du schon so fragst. Willst du, ich meine, würdest du meine Staffelpartnerin sein wollen. Ich meine, wenn es dir nichts ausmacht und du nicht schon jemand anderen hast?" Kendra setzte eine ernste Miene auf, schaute nachdenkend nach oben und sagte: „Eigentlich wollte ich mit jemand anderen starten. Das muss ich mir nochmals überlegen." Christian hatte mit dieser Antwort nicht gerechnet und schaute erschrocken. Da grinste Kendra plötzlich und sie sagte lachend: „Schau nicht so bedeppert. Na klar, bin ich deine Partnerin, du Kuchenprinz." Ihm fiel ein riesiger Stein vom Herzen. Er wollte sie am liebsten gleich umarmen, doch das hätte eventuell bei den einen oder anderen im Bus einen zweideutigen Eindruck hinterlassen und so blieb es bei einem freundlichen: „Danke Kendra, ich meine cool, dass wir zusammen starten." Kendra schaute ihm tief in die Augen und sagte mit einem Augenzwinkern: „Ich kann dich doch nicht verlieren lassen."

3 Die Explosion

Als Kendra durch die etwas trüben Fenster des Schulbusses blickte, konnte sie Nadelbäume und Felsen sehen. Sie waren also schon am Schlosspark, dann mussten sie in ein paar Minuten da sein, dachte sie so bei sich. Jetzt sah sie auch schon die Zufahrt zum Parkplatz des Besucherbergwerks. Da Drachenhöhle und Bergwerk miteinander verbunden waren, gab es nur einen Zugang und diese ging über das Bergwerk. Nach Aussage von Frau Burgbauer wurde hier noch bis ins achtzehnte Jahrhundert Silber abgebaut. Im Zweiten Weltkrieg diente es dann für Experimente mit Sprengstoff und zur Waffenentwicklung. Jetzt war es ein Besucherbergwerk mit Zugang zur

Drachenhöhle. Kendra mochte Exkursion schon immer lieber als trockener Lehrstoff im Klassenzimmer. Christian dachte da nicht anders. Er hatte nur Probleme mit Höhlen, welche zu eng und zu weit ins Berginnere führten. Da überkam ihn schon mal ein mulmiges Gefühl.

Als sich alle um Klassenlehrer Herrn Beyer versammelt hatten, sagte dieser mit strengem Ton: „Bitte hört mir jetzt aufmerksam zu. Im Besucherbergwerk bleiben wir alle zusammen. Keiner verlässt die Gruppe und bitte, fast nichts an! Denkt daran, hier wurde Munition und Sprengstoff gelagert. Jeder Stein, der scheinbar aus dem Fußboden oder den Wänden herausschaut, könnte auch eine Granate oder Miene sein. Das Bergwerk und die Höhle werden zwar täglich überprüft, aber sicher ist sicher! Da sich Frau Burgbauer im Besucherbergwerk auskennt, übernimmt sie heute die Führung." Am Eingang zum Bergwerk empfing sie ein älterer Mann in Bergmannsuniform. Er und Frau Burgbauer waren befreundet und machten oft gemeinsame Führungen. Sein Name war Siegfried Steinhauer, aber alle nannten ihn nur Sigi. Er hatte als junger Mann hier gearbeitet, kannte somit jeden Winkel des Bergwerks und war sozusagen die „Gute

Seele" der Einrichtung. Frau Burgbauer begrüßte ihn mit: „Hallo Sigi, wie geht es dir?" Er antwortete: „Glück auf, Heidrun. Hab dich lange nicht gesehen. Mir geht es gut und dir?" „Wenn man das Schlechte wegnimmt, dann könnte es nicht besser sein. Müssen wir irgendetwas beachten?", fragte Frau Burgbauer sicherheitshalber. Er beugte sich etwas näher zu ihr und sagte leise, aber so, dass sie es hören konnte: „Es wurde neue Munition gefunden. Wir haben erst angenommen, dass es sich hier um reine Sprengfallen handeln würde, aber dem ist nicht so. Da sind auch welche dabei, die bei Berührung Gas ausströmen. Der Kollege, der mit dem Gas in Berührung kam, liegt im Koma. Sie sehen aus wie Törtchen mit einer Kerze. Wir gehen davon aus, dass wir alle gefunden haben. Aber du weißt ja. Am besten, du sagst den Kindern nochmals ausdrücklich, dass sie die Absperrungen nicht überträten dürfen!" Frau Burgbauer nickte ihm zu und ging zur Gruppe. Sie belehrte alle und betonte nochmals ausdrücklich, nichts anzufassen. Dann sagte sie noch streng: „Jeder bekommt am Eingang noch einen Schutzhelm. Dieser wird, solange wir im Bergwerk sind, nicht abgesetzt. Die Höhle wird zwar regelmäßig geprüft, trotzdem können sich

Steine lösen oder ihr euch an Kanten den Kopf stoßen."

Als sie den Zugang zum Bergwerk-Stollen betraten, drehte sich Kendra nochmals um und sah, dass Bens Klasse hinter ihnen war. Nur er war leider nicht dabei. Hoffentlich sind Trixy und er bald wieder fit, dachte sie so bei sich. Sie musste dabei besonders an Trixy denken. Kennengelernt hatten sie sich am ersten Schultag. Das Mädchen mit den struppigen Haaren im roten Rollstuhl war ihr gleich aufgefallen. Sie war übrigens auch Mitglied vom MBO und als ehemalige Skateboarderin oft mit Ben zusammen. Kendra vermutete, dass da noch mehr ist, denn die beiden waren unzertrennlich. Es war einfach gut, wieder Freunde zu haben. Als ihre Familie in die alte Bäckerei zu Kendras Großeltern nach Nimmerstadt gezogen war, kannten sie hier so gut wie niemand. Da fiel ihr ein, dass Opa und Oma heute früh auch zeitig los sind. Wollten die beiden nicht auch mit dem History-Club zur Höhle oder war es nur zum Schloss? Sie hatte ihre Eltern gestern Abend davon reden hören.

Christian schaute sich die Stützkonstruktion des Stollens genauer an und da fiel ihm ein, wo er so eine schon mal gesehen hatte. Es war bei der ersten Mission. Die Gänge der Mönche wurden mit einer ähnlichen Konstruktion abgestützt. Diese hier schien sogar stabiler und größer zu sein, was ihn beruhigte. Das Sicherheitsgefühl war aber nur von kurzer Dauer. Irgendwie hatte er den Eindruck, dass je tiefer sie in den Berg gingen, der Stollen immer kleiner wurde. Als er Frau Milda darauf ansprach, sagte diese, dass es sich hier nur um eine optische Täuschung handelt. Zum Glück kam sie jetzt in einen großen, höhlenartigen Raum. Dieser war besonders stabil abgestützt. Von Frau Burgbauer erfuhren sie, dass es die Drachenhöhle war, in der sie sich jetzt befanden. Diese wurde im Krieg als Schutzraum umgebaut und auch jetzt noch so genutzt. Frau Burgbauer wollte die Funktionsweise des Verschlussmechanismus der gepanzerten Türen für alle demonstrieren. Sie ging zur Tür, durch welche sie gerade die Höhle betreten hatten. Als sie den Hebel betätigte, gab es plötzlich eine Explosion. Sie war so stark, dass der Boden wackelte und das Licht ausging. Frau Milda rief noch: „Alle auf den Boden!"

4 Eingesperrt

Alle waren instinktiv dem Ruf von Frau Milda gefolgt und hatten sich auf den Boden gelegt. Dass dieser feucht und schlammig war, bemerkte Kendra erst, als das Notlicht anging und sich die Staubwolken verzogen hatten. Doch aufstehen wollte sie noch nicht und so schaute sie nach den anderen. Wie einige ihrer Mitschüler versuchten laut hustend aufzustehen, rief Frau Burgbauer gleich streng: „Legt euch sofort wieder hin! Der Rauch ist schädlich! Wenn die Grubenbelüftung noch funktioniert, müsste dieser innerhalb von zehn Minuten verzogen sein, erst dann könnt ihr aufstehen!"

Christian lag nicht weit von Kendra entfernt und rief ihr fragend zu: „Ist bei dir alles in Ordnung?" Kendra rief zurück: „Bis auf den ekligen Matsch, in dem ich liege und den Staub in den Haaren. Aber was war das denn jetzt?" Christian antwortete: „Eine Sprengung. Ich vermute, dass eine alte Mine explodiert ist. Das Schlimme ist, Bens Klasse war doch hinter uns." Da sprach Kendra mit Sorge: „Hoffentlich ist denen nichts passiert. Da hat Ben aber Glück gehabt, dass er nicht dabei war."

Wie es Frau Burgbauer gesagt hatte, war die Staubwolke schnell verschwunden. Christian konnte noch beobachten, in welche Richtung sie abgezogen waren. Mit der Bestimmung von Windrichtungen kannte er sich aus. Sein Vater war, so wie der alte Herr Graf, auch Jäger und zur Grafschaft gehörte ein Stück Wald, welcher gepflegt werden musste. Dorthin hatte er Christian oft mitgenommen und ihm Spurenlesen und das Bestimmen der Windrichtung gelehrt.

Frau Milda übernahm, wie immer, das Kommando und fragte als Erste so laut, dass alle es hören konnten: „Ist jemand verletzt?" Aus allen Ecken kam es gehustet: „Nein, alles okay." Herr Steinhauer versuchte, die Eingangstür zu öffnen. Doch diese hatte sich so verzogen, dass es unmöglich war. Nun ging er an die Notfallkiste und holte aus dieser einen Hammer, ein Stahlrohr und eine Brechstange. Jetzt kamen Herr Bayer und Christian dazu und sie fragten: „Können wir helfen?" Herr Steinhauer sah die beiden an, überlegte kurz und sagte dann: „Ja, das wäre gut. Ich könnte den Griff betätigen und ihr mit der Brechstange an der Tür rütteln." Christian rief dann noch Erik herzu und dieser packte gleich mit an.

Urplötzlich wollten auf einmal alle helfen. Da sagte Frau Milda in ihrem militärischen Ton: „Stopp, wir machen hier keinen sinnlosen Aktionismus, sondern ich schlage vor, wir beraten kurz, wie wir weiter vorgehen?" Als sie das gesagt hatte, blieben alle stehen, nickten und sammelten sich mitten im Raum. Frau Burgbauer hatte sich auch wieder vom Schrecken erholt und fragte Herr Steinhauer: „Sigi, gibt es hier einen Notausgang?" Der sagte gleich: „Natürlich, doch dieser ist sehr anstrengend und hat auch einige Tücken." Herr Beye fragte energisch: „Wo befindet sich dieser?" Herr Steinhauer zeigte auf eine Stahltür auf der anderen Seite der Höhle. Das über der Tür leuchtende Notausgangsschild war deutlich zu erkennen.

5 Das Loch in der Höhlendecke

Frau Milda blickte in die Runde und sagte: „Okay, wir teilen uns in drei Gruppen auf. Herr Beyer, Herr Steinhauer und Christian, ihr versucht den Haupteingang zu öffnen und Erik, du mit deinen Jungs, ihr macht dasselbe an der Notausgangstür."

Dann schaute Frau Milda zu den fragenden Gesichtern der Mädchen. Zu denen sagte sie mit einem besonderen Augenzwinkern: „Und wir Mädels schauen mal überall nach, was es noch so gibt. Eventuell finden wir ein paar Hinweise, die uns helfen können." Dann ging jeder an seine Aufgabe, außer Kendra, die holte heimlich ihr Telefon heraus und prüfte, ob sie Empfang hatte. Leider stimmte, was Frau Burgbauer gesagt hatte; hier gab es keinen Empfang. Herr Steinhauer sprach: „Allem Anschein nach sind wir von der Außenwelt abgeschnitten, denn das Notfalltelefon geht auch nicht." Kendra überlegte, was Ben wohl in solch einer Situation machen würde und da fiel ihr ein heller Fleck auf dem Fußboden auf. Dieser befand sich eigenartigerweise mitten im Raum. Sie ging an diese Stelle und wie sie nach diesem greifen wollte, war er weg. Besser gesagt, auf ihrem Arm. Es war also Licht, das von der Decke kam. Sie schaute nach oben und siehe da, da war ein Loch in der Höhlendecke. Kendra zeigte nach oben und sagte zu Frau Milda: „Eventuell könnten wir darüber mit den da draußen kommunizieren." Frau Milda fragte: „Was meinst du, wie sollen wir das anstellen?" Kendra zwinkerte mit dem rechten

Auge und sagte: „Mit meinem Handy." Frau Milda machte ihr Lehrergesicht und sagte: „Herr Beyer hatte doch ausdrücklich Handys verboten! Na gut, darüber reden wir später." Da kamen auch schon Christian, Frau Burgbauer und Erik. Jeder meldete, dass sie keinen Erfolg hatten. Frau Milda rief daher alle zusammen, um sich erneut zu beraten. Sie sagte: „Kendra hat ein Loch in der Decke gefunden und da sie ohne Erlaubnis ihr Handy mitgenommen hat", jetzt blickte sie streng zu Kendra, bevor sie weitersprach: „Haben wir eventuell eine Möglichkeit, mit den Hilfskräften in Kontakt zu treten." Jetzt wand sie sich nochmals zu Kendra und fragte: „Kendra, wie wäre dein Plan?" Diese räusperte sich und erklärte: „Leider bin ich nicht so erfinderisch wie mein Bruder. Ich vermute, dass wir dort oben am Deckenloch Handy-Empfang haben werden. Wir schreiben einfach eine SMS und schalten auf Senden. Anschließend muss das Handy so schnell wie möglich in die Nähe der Deckenöffnung gebracht werden. Vielleicht können wir eine lange Stange oder etwas anderes herstellen, mit dem wir es dorthin transportieren können." Herr Beyer fragte gleich Herrn Steinhauer: „Herr Steinhauer, ist es möglich, dass wir da oben Empfang haben?" Dieser überlegte kurz und sagte dann etwas nachdenklich: „Das müsste gehen. Nur was mich stutzig macht, ist, dass da ein Loch ist. Dort dürfte gar keins sein. Vermutlich ist ein Teil der Decke eingefallen. Da haben wir aber Glück gehabt, dass uns nichts Größeres auf den Kopf gefallen ist. Wir sollten uns ab sofort nur am Rand der Höhle aufhalten." Frau Milda übernahm gleich das Kommando und sagte streng: „Am besten, wir sammeln uns alle vor dem Notausgang. Dort bauen wir dann auch gleich die Konstruktion zusammen, mit der wir das Handy zur Decke heben." In der Rettungskiste waren einige Arbeitsgeräte, welche lange Holzstiele hatten. Doch alle Stangen und Stiele zusammen waren immer noch zu kurz. Die Höhle schien höher zu sein als gedacht.

6 Die Handy-Schleuder

Die Enttäuschung war in allen Gesichtern deutlich zu erkennen. Doch Frau Milda wollte keine negative Stimmung aufkommen lassen und sagte kämpferisch: „Wir werden jetzt noch nicht aufgeben. Gibt es noch andere Vorschläge oder Lösungen, wie wir das Handy zur Deckenöffnung bringen können?" Da meldete sich Christian und sagte: „Wir könnten eine Art Steinschleuder herstellen." Frau Milda fragte gleich: „Hast du denn eine dabei?" Er antwortete: „Nein, ich meine auch keine mit Gummi, sondern eine aus Stoff. Wir wickeln das Handy in den Stoff und schleudern es so an die Decke. Der Stoff mit dem Handy sollte sich im zackigen Gestein verfangen und da oben hängen bleiben." „Und wie holen wir es dann wieder herunter?", kam es gleich von Herrn Beyer. Christian antwortete: „Mit einer Schnur." Frau Milda verschränkte ihre Arme und fragte: „Haben wir denn etwas zum Schleudern und eine Schnur?" Frau Burgbauer blickte fragend zu Herrn Steinhauer. Der antwortete: „Nur eine Art Abschleppseil und das ist zu schwer und nicht lang genug." Da meldete sich Kendra zu Wort und fragte in die Runde: „Wer hat etwas Gestricktes an?" Da meldete sich Jasmin: „Ich habe eine Strickjacke. Diese hat meine Oma für mich gestrickt." Kendra sagte mitfühlend: „Wir müssten sie allerdings für den Rückholfaden auftrennen. Du weißt, wir können sonst das Handy nicht wieder von der Decke holen." Jasmin überlegte nicht lange und sagte mit einem Augenzwinkern: „Ich weiß, was du meinst. Oma wird mir bestimmt eine Neue stricken." Sie übergab Kendra ihre Jacke. Diese war sogar so groß, dass sie auch gleich als Schleuder-Vorrichtung genommen werden konnte. Alle waren sich einig, dass Christian werfen sollte, denn er war darin der Beste in der Schule. Doch diesmal ging es nicht nur um Weite, sondern um Treffsicherheit, damit die Nachricht auch gesandt werden würde. Das Bündel musste dazu so weit wie möglich im Deckenloch landen und sich dort verhaken. Kendra fragte noch: „Und wie fangen wir es wieder auf?" Da meldete sich Herr Steinhauer zu Word: „Ich habe eine Rettungs-decke. Wenn wir diese ausgebreitet darunter halten, müssten die Chancen gut stehen, dass es sicher aufgefangen wird." Erik und ein anderer Mitschüler erklärten sich bereit, dies zu übernehmen. Jetzt sagte Herr Beyer: „Okay, lasst uns anfangen!" Kendra gab die Nachricht mit den Hinweisen und Koordinaten ein. Währenddessen trennte Frau Burgbauer die Jacke auf, bis ausreichend Schnur zur Verfügung stand. Allerdings aber auch nur so viel, dass noch genügend Stoff zum Einwickeln und Schleudern des Handys übrigblieb. Dann wurde dieses im Jackenstoff befestigt, der Sendeknopf gedrückt und Christian übergeben. Dieser schleuderte das

Bündel dann auch gleich gezielt in das Deckenloch. Sie hatten Glück, er traf gleich beim ersten Versuch und es blieb auch hängen. Nach einer viertel Stunde zog Kendra vorsichtig an der Schnur, um das Bündel zurückzuholen, aber es lockerte sich nicht. Sie versuchte dann auch gleich mit ruckartigen Zugbewegungen, doch diese brachten auch keinen Erfolg. Herr Beyer fragte in die Runde: „Was machen wir nun?" Christian meinte: „Ich könnte einen Stein werfen. Doch dabei besteht die Gefahr, dass ich versehentlich das Handy treffe." Kendra argumentierte: „Wenn wir das Handy nicht aufgefangen bekommen, haben wir das gleiche Problem." Frau Milda überlegte nicht lange und entschied: „Okay, einen Versuch ist es wert." Christian suchte einen geeigneten Stein und zielte auf eine Gesteinsecke. Doch da meldete sich Herr Steinhauer: „Stopp, du darfst auf keinen Fall vom Gestein etwas abschlagen. Dabei könnte sich ein noch größerer Teil von der Decke lösen. Du musst also nur das Bündel treffen!" Da warf Herr Beyer sofort ein: „Dann lassen wir es vorsichtshalber ganz sein, das Risiko ist zu groß." „Okay, was machen wir dann?", kam die Frage von Kendra. Frau Milda sagte versöhnlich: „Na gut, dann versuchen wir es erst einmal weiter mit ruckartigem Ziehen." Frau Burgbauer ergänzte beruhigend: „Die Rettungskräfte werden bestimmt schon zu uns unterwegs sein. Am besten versuchen wir, Ruhe zu bewahren und abzuwarten." Da gab es plötzlich noch eine Art Erschütterung. Obwohl einige vor Angst quiekten, liefen alle wie abgestimmt sofort zum Notausgang. Vermutlich hatten dies zwei größere, von der Decke gefallene Steinbrocken verursacht. Das Positive daran war, dass mit Ihnen auch das Bündel mit dem Handy herunterkam. Die um das Handy gewickelte Jacke hatte es geschützt und so blieb es unversehrt. Christian hob es gleich auf und gab es Kendra. Diese schaute nach und sagte begeistert: „Es hat funktioniert. Ich habe die Nachricht an Trixy und an Ben gesandt und beide haben geantwortet."

7 Die Nachricht

Ben war aufgestanden und in die Küche gegangen, um sich einen Tee zu kochen. Er schaltete das Radio ein und stellte den Teekessel auf den Herd. Er setzte sich gleich daneben an den Küchentisch, denn Vater hatte beim Bau der Küche Kochfeld und Küchentisch zu einer Kochinsel verbunden. Die aus alten Küchenutensilien selbst gebaute Lampe gefiel Ben am meisten, denn sie machte ein gemütliches Licht. Er ärgerte sich, dass er heute bei der Exkursion nicht dabei sein konnte. Hatte er doch schon eine Woche lang Informationen gesammelt und sogar einen Lageplan skizziert. Jetzt konnte er seine Informationen nicht über- prüfen. Da wird er wohl selbst mal eine Exkursion starten müssen, dachte er, da pfiff der Teekessel. Wie er diesen vom Herd nahm, hörte er in den Nachrichten, dass es eine Explosion im Besucher- Bergwerk bei der Drachenhöhle gab. Dabei wurde der Zugang und zwei Besuchergruppen ver- schüttet. Eine dritte Besuchergruppe war gerade noch einmal mit dem Schrecken davongekommen. Wie Ben das hörte, wäre ihm fast der Wasserkessel aus der Hand gefallen. Er ging sofort zum Handy und wollte gleich eine Nachricht an Kendra senden. Da klingelte schon sein Telefon und es meldete sich Trixy: „Hast du auch die Nachricht von Kendra erhalten und weißt du von der Explosion im Besucher-Bergwerk?" Ben schaute auf sein Handy, welches noch am Ladekabel hing. Und ja, da war Kendras Hilferuf. Dieser musste gerade erst gesendet worden sein, denn beim Betreten der Küche war da noch keine Nachricht. Er antwortete Trixy: „Ja, ich habe die Nachricht gerade gelesen und weiß auch von der Explosion. Wir müssen etwas unternehmen, aber was?" Trixy sagte forsch: „Kendra hat uns doch die Koordinaten genannt und vom Loch in der Höhlendecke geschrieben. Ich habe mir gerade auf meinem Laptop die Luftaufnahmen vom Gelände angesehen. Die Koordinaten von Kendra müssten stimmen, denn der Eingang vom Besucher-Bergwerk liegt ganz in der Nähe. Übrigens, das Schloss Laufenfels ist auch nicht weit davon entfernt." Ben hatte auf einmal einen Gedanken-blitz und überlegte, wie er wohl auf die Frage, welche in ihm aufkam, eine Antwort finden konnte und sagte munter: „Frau Milda würde jetzt sagen, meine Damen und Herren vom MBO wir haben wieder eine Mission." Trixy musste lachen und kommentierte im tiefen Ton eines Feuerwehr-manns: „Ich habe verstanden. Mannschaft und Ausrüstung stehen bereit." Ben musste jetzt auch schmunzeln und sagte im selben Ton: „Bin mit Mannschaft und Ausrüstung in zehn Minuten bei dir." Lachend antwortete Trixy: „Habe verstanden, warte auf dich." Sie ergänzte noch: „Und fahre vorsichtig!" Ben ging in sein Zimmer und holte den Rucksack mit der Notfallausrüstung. Dieses Mal packte er noch ein Kletterseil, hundert Meter Sicherungsleine und die Worki-Torkis dazu. Er schrieb noch schnell einen Zettel für seine Eltern und dann machte er sich mit seinem Fahrrad auf den Weg zu Trixy.

Nachdem Kendra gesagt hatte, dass die Nachrichten an Trixy und Ben versandt wurden und beide den Erhalt bestätigt hatten und jetzt unterwegs zu ihnen waren, fiel Herrn Beyer ein Stein vom Herzen. Auch bei den anderen konnte man wieder Hoffnung in ihren Gesichtern sehen. Herr Beyer meinte euphorisch: „Lasst uns doch dasselbe noch einmal versuchen, um die Rettungskräfte zu erreichen, damit diese unsere Lage erfahren!" Frau Milda antwortete gleich: „Okay, einen Versuch ist es wert, wird dein Akku noch dafür reichen?" Kendra hob die Schultern und meinte: „Einmal müsste es noch gehen." Sie wickelten es wieder in den Jackenstoff und Christian schleuderte es Richtung Deckenöffnung. Dieses Mal hatten sie nicht so viel Glück. Der Schal blieb zwar hängen, aber als sie ihn zurückholen wollten, löste sich das Handy und fiel so ungünstig, dass es zerbrach. Das Display war trotz Schutzfolie unleserlich. Sie wussten jetzt nicht, ob die Nachricht auch gesendet wurde. Nun gab es nur noch die Hoffnung, dass Trixy und Ben die

Rettungskräfte informieren und diese dann zu ihnen stoßen würden.

8 Herr Graf und Frau Gräfin

Trixy sah Ben um die Ecke gefahren kommen. Sein Fahrrad war wie immer voll beladen. Sie wunderte sich nur, dass er nicht noch sein Fahrradanhänger mit dabeihatte. Ben begrüßte Trixy mit einer kleinen Umarmung und sagte: „Ich habe da so eine Idee, aber da müssten wir zuerst zu Christians Mutter." Trixy antwortete ohne Umschweife: „Na dann lass uns keine Zeit verlieren." Ben montierte ein Gestell, damit er Trixy im Rollstuhl beim Radfahren schieben konnte und dann fuhren sie los.

Sie saßen bei Christians Mutter in der Küche und tranken Kakao, während diese alle Bücherregale durchsuchte und sprach: „Hier sind keinerlei Pläne noch Hinweise, sonst hätte ich Sie bestimmt schon mal gesehen. Bei meiner Tätigkeit habe ich so einiges mitbekommen. Doch wenn ich richtig überlege, von einem Geheimgang habe ich die Herrschaften nie sprechen hören. Wir müssen zum

Herrn Grafen und der Frau Gräfin, vermutlich können uns hier nur diese beiden weiterhelfen."

Der Herr Graf von Laufenfels stand am großen Spitzbogenfenster in der Bibliothek des Schlosses und schaute auf den Garten mit seinen besonders akkurat geschnittenen Büschen und Hecken. Er liebte französische Gärten, sie waren so symmetrisch und übersichtlich. Dann drehte er sich um und sagte zu Christians Mutter, Trixy und Ben: „Ich weiß, woran ihr denkt, aber hier handelt es sich um ein altes Familiengeheimnis, welches nie geprüft und darum eher in die Kategorie Mythos eingestuft wurde. Als junger Bursche habe ich mich allerdings eine Weile damit beschäftigt." Wie er das sagte, ging er an das Bücherregal und öffnete eine aus Buchrücken bestehende Geheimtür und holte ein, in schwarzes Leder gebundenes, Notizbuch heraus. Er überlegte kurz, sah dabei abwechselnd zu Ben, Trixy und Christians Mutter, dann sagte er entschlossen: „Wisst ihr, ich hatte lange kein Abenteuer und mein Gefühl sagt mir, das hier könnte eins werden. Wenn ihr gestattet, wäre ich gern der Vierte im Bunde. Ich könnte sehr hilfreich sein." Er beugte sich nach vorn, blickte über seine Lesebrille und zwinkerte dabei mit seinem rechten Auge. Dass dabei seine Lesebrille verrutschte, schien ihm nichts auszumachen. Die lang gelockten weißen Haare, der geschwungene Schnurrbart sowie der Spitzbart erinnerte Trixy an eine Figur aus einem Buch mit drei Musketieren. Christians Mutter ging auf ihn zu und reichte ihm die Hand und sagte: „Es wäre uns ein Vergnügen." Dieser lächelte und tat das Gleiche und sprach: „Übrigens, und das ist schon lange überfällig; sie dürfen zu mir auch Albert sagen." Christians Mutter antwortete gleich: „Vielen Dank für dein Angebot, aber der Form halber werden wir dich weiterhin mit Herrn Graf anreden. Du darfst natürlich Katarina zu mir sagen." Wie sie das aussprach, lächelte und zwinkerte sie ihm zu. Der Herr Graf nickte und sagte freundlich: „Das ist in Ordnung so. Wenn ihr mich entschuldigen wollt, ich ziehe mir nur passende Kleidung an und dann können wir auch gleich loslegen." Mit diesen Worten ging er auf das Bücherregal zu und verschwand wieder hinter der Geheimtür. Im selben Moment ging die Tür zur Bibliothek auf und die Frau Gräfin kam mit ihrem elektrischen Rollstuhl hereingefahren. Sie wackelte mit ihrem grauhaarigen Pagen-Kopf und blickte durch ihre schwarze, große, runde Brille nach links und rechts. Dann fragte sie Christians Mutter: „Haben sie Albert gesehen, ich meine, den Herrn Grafen?" Christians Mutter antwortete: „Ja, Frau Gräfin, er ist sich schnell umkleiden gegangen, weil er uns nachher begleiten möchte." „Wo hin?" Kam es gleich neugierig von Frau Gräfin. Christians Mutter erzählte ihr die ganze Geschichte und ihr Vorhaben. Die Frau Gräfin sagte ganz aufgeregt: „Das ist doch furchtbar, aber auch sehr interessant. Da müssen wir natürlich etwas unternehmen. Ich gehe mich da mal schnell umkleiden, denn in diesen Sachen", sie zeigte auf ihr geblümtes Kleid, „kann ich euch schlecht helfen. Der einfachheitshalber können sie mich mit Margret ansprechen." Christians Mutter sagte auch hier: „Vielen Dank, aber offiziell bleiben wir bei Frau Gräfin." Die Frau Gräfin antwortete verständnisvoll: „Wie du möchtest?" Zu Trixy sagte sie mit einem Augenzwinkern noch: „Übrigens, zwei Rollstühle sind besser als einer." Und schwuppdiwupp war sie zur Tür hinaus. Christians Mutter entwich ein Seufzer, Trixy schüttelte mit dem Kopf und Ben dachte, na das kann ja heiter werden.

9 Die Turmkapelle

Der Herr Graf kam zuerst vom Umkleiden zurück. Er hatte seinen Safari-Anzug an, einen Schlapphut auf und einen kleinen Rucksack in der Hand. An seinem Gürtel trug er Taschenlampe, Taschenmesser und ein kleines Fernglas. Die Frau Gräfin kam etwas später im ähnlichen Outfit, aber dafür mit ihrer Lieblingshandtasche. Der Herr Graf übernahm gleich das Kommando und sprach: „Wir müssen zum alten Gewölbekeller unter dem Nordturm." „Da gibt es doch gar keinen Keller!", kam es sofort von Frau Gräfin. Der Herr Graf sagte: „Margret, kannst du dich nicht mehr daran erinnern. Wenn ihr zu Besuch wart, haben wir immer dort unser Abenteuerspiel gespielt?" Die Frau Gräfin blickte den Herrn Grafen ungläubig an. Dann lächelte sie auf einmal und sagte: „Ja, gespielt haben wir zusammen, aber nicht im Nordturm. Kannst du dich noch an unser Geheimversteck erinnern? Ich weiß den Weg nicht mehr." Der Herr Graf zuckte mit den Schultern und antwortete: „Das müssen wir wohl gemeinsam herausfinden. Ich habe hier nur mein Gedicht mit den verschlüsselten Hinweisen. Am besten schauen wir uns diese erst einmal an und danach entscheiden wir, welchen Turm wir zuerst untersuchen." Er öffnete sein Notizbuch und las laut vor: „Die Fahnen wehen nur dort im Wind, wo die hohen Bäume sind. Da, wo des Drachen heißer Atem geht, die Tür zum Glück dir offensteht. Nur darfst du nicht zum Himmel sehen, du musst erst durch die Hölle gehen." Er legte das Buch auf den Tisch und lehnte sich zurück. Die Gräfin sagte jetzt: „Ich sehe schon, das wird gar nicht so einfach. Am besten koche ich uns erst einmal einen Tee, der wird uns beim Nachdenken helfen." Und schon war sie durch die Tür auf dem Weg zur Schlossküche. Christians Mutter sagte nach-denklich: „Fahnen sind auf jedem Turm und es stimmt, unter dem Nordturm gibt es keinen Keller. Hohe Bäume stehen nur am Ostturm. Da ist aber nur die Schlosskapelle und die ist meines Wissens auch nicht unterkellert." In der Zwischenzeit hatte die Gräfin den Tee gebracht und dabei einiges vom Gespräch mitbekommen. Sie meldete sich gleich zu Wort und sagte: „Was meinst du, Albert, ich glaube, es war die Kapelle, dort haben wir immer Verstecken gespielt?" Der Herr Graf lächelte nachdenklich und antwortete: „Ja, jetzt, wo du es sagst, fällt mir etwas ein. Aber dazu müssten wir zur Kapelle." Christians Mutter trank ihren Tee aus, blickte auf ihre Armbanduhr und sagte: „Dann schlage ich vor, wir verlieren keine Zeit und gehen los." Die Frau Gräfin überlegte kurz und bemerkte: „Geht ihr schon mal vor, ich habe noch etwas zu erledigen." Trixy schaute Ben fragend an. Der zuckte mit den Schultern. Da fragte sie Frau Gräfin: „Kann ich ihnen helfen?" Diese antwortete gleich: „Das ist keine schlechte Idee." Der Herr Graf nickte, blickte zu Christians Mutter und Ben und sagte forsch: „In Ordnung, dann kommt ihr beiden nach und wir begeben uns schon mal zur Kapelle."

Der Weg zur Kapelle war für Ben beeindruckend. Die vielen alten Gemälde, Ritterrüstungen, ellenlange in roten Farbtönen gearbeitete Teppiche und Vorhänge faszinierten ihn. Christians Mutter bemerkte seine Neugier. So erklärte sie ihm beim zügigen Vorbeigehen kurz, um welche Personen es sich auf den Bildern handelte. Ben, der sehr neugierig war, nahm von der letzten Ritterrüstung den Helm und versuchte diesen sich selbst aufzusetzen. Obwohl dieser nicht so richtig passte, schaffte er es trotzdem, jedoch beim Absetzen klemmte er. Christians Mutter und der

Herr Graf standen bereits an der Treppe zum Turm, als sie bemerkten, dass Ben nicht nachgekommen war. Christians Mutter rief ungeduldig: „Ben, wo bleibst du?" Da hörten sie ein lautes Scheppern und sie sahen, wie ein Ritterhelm angerollt und anschließend Ben an gehumpelt kam. Der Graf fragte lächelnd: „Hat dich etwa eine der Ritterrüstungen belästigt?" Ben rieb sich sein Hinterkopf und antwortete: „Nein, sorry, ich wollte nur mal wissen, wie es sich unter so einem Helm anfühlt." Christians Mutter sagte fürsorglich, aber auch ironisch: „Der Kopf ist ja noch drangeblieben."

Am Turm ging es dann eine steinerne Wendeltreppe nach unten, bis sie vor einer größeren hölzernen Spitzbogen-Tür standen. Die Tür war mit einem Relief verziert. Man sah einen Ritter mit Schwert und Schild vor einem dreiköpfigen Drachen stehen. Der Herr Graf öffnete die Tür und ging ohne zu zögern zum Altar. Dieser befand sich mitten im Raum. Er bestand aus einem ziemlich massiven, hölzernen Kasten mit Marmortischplatte. An der Wand dahinter hing ein Gemälde, auf welchem ein liebevoll blickender, bärtiger Mann mit ausgebreiteten Armen dargestellt war. Es sah so aus, als wollte er jeden

Besucher, der die Kapelle betritt, umarmen. In der Turmwand dahinter befanden sich jeweils links und rechts vom Altar ein sehr hohes Spitzbogenfenster mit farbigen Blei-Glas-Motiven. Christians Mutter war immer wieder vom Lichtspiel der Fenster fasziniert. Links und rechts neben der Eingangstür standen hölzerne Sitzbänke. Der Fußboden bestand aus hell gelblichen Sandsteinplatten. Also, nichts, was auf einen Gang zu Kellerräumen hinwies, dachte Ben so bei sich und stellte laut fest: „Hier gibts aber nicht viel zum Durchsuchen." Der Herr Graf pflichtete ihm bei, sagte aber: „Trotzdem gab es da etwas, wenn ich mich nur daran erinnern könnte." Er setzte sich auf die Bank gleich links neben der Eingangstür, da klingelte ein Glöckchen, welches sich genau über ihn befand; er blickte instinktiv nach oben und sagte zu Ben ganz nebenbei: „Las bitte die Frau Gräfin und Trixy herein. Die Tür ist gleich rechts neben der Treppe." Ben war etwas verwundert, denn er hatte im Treppenhaus vor der Turmkapelle keine weitere Tür gesehen. Als er im Turmtreppenhaus stand, sah er auch, warum. Die Tür war durch einen Wandteppich verdeckt. Das Klopfen an die Tür, welches Frau Gräfin noch zusätzlich tätigte, verriet die Lage. Wie er diese Tür öffnete, standen da die Frau Gräfin und Trixy. Frau Gräfin hatte ein kleines, altes Schulheft und Trixy den Laptop und die Worki-Torki dabei. Frau Gräfin übernahm gleich das Kommando und sagte begeistert: „Albert, ich habe meine alten Aufzeichnungen wieder gefunden."

10 Der geheime Zugang

Die Frau Gräfin fragte streng: „Albert, hörst du mir überhaupt zu?", doch dieser schaute erstaunt, aber auch nachdenklich an die Gewölbedecke der Turmkapelle und fragte: „Wie war doch gleich der Wortlaut der letzten Zeile des Gedichts?" Trixy antwortete wie aus der Pistole geschossen: „Nur darfst du nicht in den Himmel sehen, du musst erst durch die Hölle gehen." Die Frau Gräfin sagte forsch: „Die Hölle ist Feuer, aber hier?" Christians Mutter zeigt auf eine Nische hinter dem Altar und sagte: „Da an der Wand unter dem Altarbild ist ein Kamin. Dieser wird immer nur zu Weihnachten gefeuert. Gibt es in der Hölle nicht das Fegefeuer?" Die Frau Gräfin schaute in ihren alten Notizen nach und sie fand sogar einen Hinweis. Sie sagte: „Es muss einen Schalter oder Hebel geben." Der Herr Graf und auch Ben schauten gleich nach. Sie untersuchten den Kamin und sogar den Altar, doch so richtig fündig wurden sie nicht. Da zeigte Trixy auf zwei Reliefs aus Messing, welche sich an beiden Seiten des Kamins befanden und fragte: „Schau mal dort, das sind doch Drachen. Könnten es diesmal Drachen sein, welche uns den Weg weisen?" Ben nickte und wusste auch, gleich was er zu tun hatte. Er ging zu den Reliefs und drückte darauf herum, aber keins der beiden ließ sich eindrücken. Trixy kam eine Idee und sie rief ihm zu: „Versuchs doch mal mit drehen oder schieben." Und ja, mit rütteln ließen sich die Drachen drehen. Aber es rührte sich trotzdem nichts. Da meldete sich Frau Gräfin, blickte liebevoll zum Grafen und sagte: „Albert, ich glaube, ich weiß, wie es funktioniert." Dann fuhr sie zum Kamin und gab dem Herrn Grafen zu verstehen, dass er ihr folgen sollte. Wie sie beide vor dem Kamin standen, sagte Frau Gräfin: „Albert, kannst du dich noch daran erinnern. Du hattest doch später das Gedicht noch ergänzt?" Jetzt hoben sich die Augenbrauen des Herrn Grafen und erweckten den Eindruck, als hätte er den Stein der Weißen gefunden. Er schlug sich mit der Hand an die Stirn und sagte: „Natürlich, es ging so; doch allein kannst du's nicht machen, du brauchst die Liebe beider Drachen. Erst wenn sie zueinander neigen, sie dann den rechten Weg dir zeigen. Das ist es, wir müssen die beiden Drachen gleichzeitig bewegen." Sie drehten beide gleichzeitig die Reliefs nach links und da sich nichts tat, auch gleich nach rechts, aber es rührte sich immer noch nichts. Sichtlich enttäuscht setzte sich der Herr Graf auf die Bank und sagte etwas traurig: „Jetzt bin ich am Ende meines Lateins. Mehr weiß ich auch nicht." Sie waren schon dabei wieder die Kapelle zu verlassen, da kam Trixy einen Gedankenblitz und meinte: „Heißt es nicht; wenn beide sich zueinander neigen? Also müssten wir doch beide Drachen zueinander drehen?" Die Frau Gräfin schaute ihren Mann an und der sagte aufmunternd: „Ein Versuch ist es wert." Schon beim Drehen hörten sie ein lautes, knarrendes Geräusch. Ben meinte, dass es vom Altar herkäme. Außerdem konnten sie beobachten, wie sich dieser um einen Zentimeter seitlich verschoben hatte. Der Herr Graf bestätigte Bens Beobachtung und so fingen beide an, mit vereinten Kräften am Altar zu schieben. Und tatsächlich, sie konnten ihn beiseiteschieben. Jetzt kam eine hölzerne Luke zum Vorschein. Diese klemmte aber, so brauchte es wieder Bens Geschick um diese zu öffnen. Er hatte für solche Situationen immer einen kleinen

Meißel im Rucksack. Als er damit die Fugen vom Sand befreit hatte, ließ diese sich leichter anheben. Am modrigen Geruch konnte Ben erkennen, dass es sich hier um einen alten Geheimgang handeln musste. Die Öffnung war schmal und es führte eine rutschige Steintreppe nach unten. Frau Gräfin fragte: „Wie beabsichtigen wir jetzt weiter vorzugehen?" Trixy wusste, was Frau Milda jetzt machen würde und schlug vor: „Frau Milda würde uns jetzt in Trupps aufteilen. Zum Beispiel könnten sie Frau von Laufenfels, Herr Graf und Ben den Erkundungstrupp bilden. Frau Gräfin und ich, wir wären dann die Einsatzzentrale. Übrigens, sollten wir die Rettungskräfte nicht schon verständigen?" Der Herr Graf antwortete gleich: „Wir prüfen erstmal, ob der Gang auch zu Drachenhöhle führt. Sobald sich die Vermutung bestätigt, werden wir sofort Kontakt aufnehmen. Im Übrigen bin ich dafür, dass wir es so durchführen, wie du es gerade beschrieben hast. Ist jemand anderer Meinung?" Da alle mit dem Vorschlag einverstanden waren, setzte Ben sein Basecap auf, band sich Christians Mutter ein Kopftuch um und zog der Herr Graf seinen Schlapphut straff. Mit den Worten: „Und du machst keine Dummheiten!", drückte Trixy, Ben schließlich noch das Worki-Torki in die Hand.

Dieser setzte seine Unschuldsmine auf und antwortete mit einem Augenzwinkern: „Ich habe dich auch lieb." Dann machte er einen Schritt auf die erste Stufe. Der Herr Graf rief noch: „Gehe lieber rückwärts runter, die Stufen sind glitschig." Doch da ratterte Ben schon auf seinem Po die Treppe herunter. Sich seinen Hintern reibend, rief dieser dann von unten: „Mir ist nichts passiert."

11 Der Irrweg

Frau Milda bemerkte, dass einige mit der Ungewissheit nicht zurechtkamen und überlegte, wie sie die Situation etwas entspannen könnte. Schließlich rief sie alle zusammen und gab folgende Anweisung: „Eventuell gibt es noch andere Möglichkeiten, die Höhle zu verlassen. Es kann also nicht schaden, wenn wir die Höhle nochmals durchsuchen. Bitte achtet auf alles Unnatürliche, also Sachen, welche von Menschenhand geschaffen worden sein könnten. Benutzt dabei euer Gehör, vor allem aber euren Tastsinn. Wir bilden am besten eine Art Menschenkette. Ihr stellt euch am besten so, dass ihr euch gegenseitig im Auge behalten könnt. Wenn ihr Pärchen bildet, ist dieses sogar noch einfacher." Kendra ging zu Christian und fragte ihn mit einem Augenzwinkern: „Wie wäre es mit uns beiden?" Er antwortete galant: „Es wäre mir eine Freude und ein Vergnügen." Und wie das sagte, reichte er ihr die Hand, als wollten sie schlendern gehen.

In der Zwischenzeit waren Christians Mutter, Ben und der Herr Graf im Geheimgang unterwegs. Ben ging voran, der Herr Graf folgte unmittelbar dahinter und zum Schluss lief vorsichtig nach allen Seiten blickend Christians Mutter. So wie es aussah, war dieser wie ein Stollen ausgebaut. Es tropfte vereinzelt Wasser von der Decke und wäre, da nicht das Licht der Taschenlampen, gäbe es nur Dunkelheit. Der Boden war klitschnass und dadurch rutschig. Doch das war noch nicht alles. Da kam auf einmal eine Weggabelung. Der Herr Graf sagte gleich, als ob er es geahnt hätte: „Ein Irrweg, ich habe es vermutet." Christians Mutter fragte ratlos: „Was machen wir jetzt?" Ben kramte aus seinem Rucksack eine Schnurrolle hervor und sagte: „Das ist genügend Sicherheits-Schnur, damit müssten wir die beiden Gänge untersuchen können. Am besten, sie bleiben erstmal hier und halten die Rolle locker in der Hand, damit diese sich leicht abwickeln lässt. Ich binde mir das andere Ende an den Gürtel und begehe den Gang." Damit übergab er dem Herrn Grafen die Schnurrolle, band das Schnurrende an seinen Gürtel und begab sich auf den Weg. Die Rolle war zur Hälfte abgewickelt, da stieß Ben schon auf eine gemauerte Wand. Er machte mit seinem Handy ein Foto und ging dann wieder zurück. Jetzt unternahm er den gleichen Versuch beim anderen Gang. Dieser war abschüssig und endete an einem ziemlich breiten Wasserloch. Ein leises Rauschen ließ vermuten, dass es sich hier um fließendes Wasser handeln musste. Vermutlich steht es unterirdisch mit anderen Gewässern in Verbindung. Beim genauen Hinsehen war da auch ein schmaler Pfad, welcher am Wasserloch vorbeiführte. Doch er sah auch, dass der Gang dahinter verschüttet und somit kein Weiterkommen möglich war. Ben machte auch davon ein Foto. Wie er zurückkehrte, zeigte er die beiden Bilder und sagte enttäuscht: „Beide Gänge sind Sackgassen!" Der Herr Graf sagte erstaunt: „Das kann nicht sein. Einer hätte offen sein müssen. So habe ich es jedenfalls in Erinnerung." Ben nahm das Worki-Torki und sprach: „Trixy für Ben, haben zwei Gänge gefunden. Beide sind nach einigen Metern verschlossen. Wir kommen zurück." Da kam es von Trixy: „Habt ihr wirklich genau nachgesehen?" Christians Mutter hatte mitgehört und fragte in die Runde: „Ich denke, wir sollten uns die Fotos nochmals genauer anschauen; eventuell finden wir noch einen Hinweis. Was meint ihr?" Die anderen beiden nickten und Ben gab sein Handy zuerst dem Herrn Grafen. Dieser kommentierte gleich: „Der rechte Gang scheint am Ende verschüttet. Der Linke dagegen sah aus wie zugemauert." Ben fragte die Runde: „Angenommen, der Gang wurde erst kürzlich zugemauert und die Drachenhöhle wäre dahinter, dann würden doch die anderen unser Klopfen hören?" Der Herr Graf antwortete: „Das ist eine gute Idee." Da mischte sich Christians Mutter ein und sagte: „Dann lasst uns keine Zeit verlieren. Hier haben wir etwas zum Klopfen." Sie kramte in ihrer Handtasche, holte einen kleinen Hammer heraus und bemerkte: „Ich wusste, wir würden ihn noch benötigen." Der Herr Graf schlug vor: „Wenn ihr gestattet, würde ich diesmal vorgehen. Ich habe da so ein Gefühl. Ich kann mich natürlich auch irren." Ben war es egal und so machten sie sich zusammen auf den Weg. Der Herr Graf suchte an der Wand nach einer bestimmten Stelle und klopfte dann dort dagegen. Danach lauschten alle drei auf eine Antwort.

12 Super-Ben

Kendra tastete gerade den nächsten Wandbereich ab, da hörte sie ein Klopfen und bemerkte, dass sich neben ihr ein Stein löste und zu Boden fiel. Sie rief zu Christian: „Hast du das auch gerade gehört und gesehen?" „Ja, was war das?" kam es gleich von ihm zurück. Kendra fragte: „War da nicht ein Klopfen?" Christian antwortete: „Ich glaube, da war was, oder?" Kendra überlegte nicht lange, hob einen Stein auf und klopfte ein SOS-Morsecode an die Wand und prompt kam ein Klopfen zurück. Kendra rief in die Höhle: „Frau Milda wir haben hier ein Klopfen." Diese kam dann auch gleich zusammen mit Herrn Beyer, Frau Burgbauer und Herrn Steinhauer. Herr Steinhauer machte die Notbeleuchtung heller und da erkannten sie einen Holzrahmen, der aussah wie ein alter verschlossener Verbau. Er sagte erstaunt: „Die ganzen Jahre habe ich immer gedacht, dass es sich hier um eine Stützkonstruktion handelt." Frau Burgbauer kannte sich im Morsecode aus und klopfte: „Haben euch gehört, bitte mit dreimal klopfen bestätigen."

Der Herr Graf und Ben erschraken, als sie die Antwort auf ihr Klopfen hörten. Ben schrieb den

Morsecode auf und gab ihn über das Worki-Torki an Trixy weiter. Diese übersetzte ihn und fragte Frau Gräfin: „Was sagen sie, sollen wir die Rettungskräfte informieren?" Diese antwortete gleich: „Auf jeden Fall. Ben soll schon mal antworten und nach ihrem Zustand fragen." Trixy meldete es gleich Ben. Dieser hatte in der Zwischenzeit das Mauerwerk inspiziert und eingeritzte Zeichen entdeckt. Aber diese waren für ihn zu hoch angebracht, so schaute er sich nach etwas um, worauf er steigen könnte. Da lag ein Steinbrocken. Doch dieser war etwas zu schwer für ihn und er fragte den Herrn Grafen, ob er helfen könnte. Der sagte: „Mein Rücken wird es mir zwar übelnehmen, aber ein echter von Laufenfels kennt keinen Schmerz." Wie er es sagte, zwinkerte er Ben zu und ergänzte: „Am besten wir heben ihn an, schwingen und werfen ihn bei drei in Richtung Mauer." Benn hatte die Ärmel seines Sweatshirts langgezogen, damit er diese als Handschuhe benutzen konnte. Dann holten sie kräftig Schwung und ließen den Steinbrocken bei drei los. Ben konnte sich nicht richtig lösen. Die Ärmelenden seines Sweatshirts hatten sich am Steinbrocken verhakt. So flog dieser zusammen mit Ben gegen die Wand. Doch die Wucht des Aufpralls bewirkte, dass diese nachgab und so landete er zusammen mit Steinbrocken und lautem staubigen Krachen in der Drachenhöhle. Zum Glück stand Kendra etwas seitwärts, sonst wäre ihr der Steinbrocken auf ihre Füße gefallen. Natürlich hatten einige der Mädchen und Jungs vor Schreck aufgeschrien, denn schließlich nahmen die Staubwolken jegliche Sicht auf das Geschehen. Erst als diese sich verzogen hatten, sah man Ben mit staubigen Haaren und Gesicht vor einer Wandöffnung auf dem Boden liegen. Seine ersten Worte waren hustend: „Mir ist nichts passiert." Herr Steinhauer sagte perplex: „Da hast du aber großes Glück gehabt." Frau Milda hatte Ihren Humor als erste wieder gefunden und kommentierte: „Ich habe immer gedacht, Supermann gibt es nur im Film." Dann half sie Ben auf die Beine und klopfte den Staub aus seinen Sachen. Jetzt schaute auch der Herr Graf durch die Öffnung in der Wand und begrüßte alle recht herzlich auf Schloss Laufenfels. Frau Gräfin und Trixy taten das Gleiche mit den gerade eingetroffenen Rettungskräften. Das war vielleicht ein Gewusel im Speisesaal von Schloss Laufenfels. Sogar Kommissar Mausberger von der hiesigen Polizei war da. Er befragte Frau Milda: „Wir vermissen noch die erste Gruppe; habt ihr etwas Ungewöhnliches bemerkt?" Frau Milda schüttelte mit dem Kopf und sagte: „Ich wusste zwar, dass da noch eine Gruppe vor uns war, aber komischerweise gab es keinerlei derartige Hinweise. Da waren keine Spuren noch Geräusche. Als ob es gar keine Gruppe vor uns gegeben hätte." Kommissar Mausberger sagte nachdenklich: „Das ist irgendwie merkwürdig. Ich habe da kein gutes Gefühl."

13 Die Mission

Der Regen klopfte an das kleine Dachfenster über Kendras Bett, als wüsste er, dass sie heute besonders tief schläft und nicht so einfach aufwachen wird. Sie hatte Kopfschmerzen und war noch sehr müde, als sie die Augen aufschlug. Zum Glück waren Ben und ihre Klasse heute vom Unterricht freigestellt. Die gestrige Exkursion wird ihr noch lange in Erinnerung bleiben. Da hatte sie auf einmal ein schreckliches Gefühl und war plötzlich hellwach. So schnell wie jetzt hatte sie sich noch nie umgezogen. Ruckzuck war sie von ihrem Dachzimmer bei ihrer Mutter in der Küche. Sie liebte diese Küche. Der Raum diente früher als Backstube und wurde von ihrem Vater zu einer gemütlichen Wohnküche umgebaut. Ihre Mutter begrüßte Kendra mit den Worten: „Na, ausgeschlafen?" Sie antwortete betroffen: „Geschlafen habe ich gut. Sind Oma und Opa auch wieder da?" Ihrer Mutter lief eine Träne über die Wange. Sie wischte sie mit dem Handrücken ab und sagte traurig, aber auch trotzig: „Leider nicht, sie sind wieder einmal verschollen. Zum Glück hat man sie wenigstens ins Bergwerk gehen sehen. Doch jetzt, wo alle Gänge freigelegt wurden, gibt es keine Spur von ihnen. Ich möchte nur wissen, was noch alles passieren muss, bis sie es gelernt haben, dass man solche Sachen in ihrem Alter nicht mehr macht." Um ein Haar hätte sie sich beinahe in den Finger geschnitten, als sie das sagte. Dann ergänzte sie noch: „Ach übrigens, Frau Milda hat angerufen. Du sollst um zehn Uhr in der Schulbibliothek sein. Sie hat mir nicht gesagt, warum." Kendra wusste gleich Bescheid und so frühstückte sie schnell und ging gleich wieder in ihr Zimmer. Sie schnappte sich ihre aus Leinen selbst genähte grüne Umhängetasche mit der Notfall-Ausrüstung, flocht ihre Haare zu einem Zopf und zog die Bomberjacke über. Dann verabschiedete sie sich noch von ihrer Mutter und schwang sich auf ihr Fahrrad Richtung Joseph-Gärtner-Gymnasium.

Christian hatte sich von seiner Mutter ausführlich die Geschichte ihrer Rettungsaktion angehört. Er konnte an ihren glänzenden Augen erkennen, dass ihr die Aktion trotz Sorgen auch Spaß bereitet hatte. Sie sagte euphorisch: „Ich hätte nicht gedacht, dass mir solche Abenteuer auch gefallen können. Bei aller Sorge fühlte ich mich auf einmal wieder in deinem Alter. Irgendwie kann ich deinen Vater jetzt ein wenig besser verstehen." Ihr Gesicht wurde sorgenvoll, als sie weitersprach: „Wo mag er jetzt bloß wieder sein? Die Rettungskräfte haben keine Spur von ihnen gefunden." Dann blickte sie zu Christian und sagte bittend: „Ihr werdet doch nach ihm suchen? Übrigens, ich wäre gerne mit dabei. Frau Milda hat vorhin angerufen und sie sagte, sie hätte nichts dagegen." Christian kratzte sich nachdenklich am Hinterkopf und sagte ironisch: „Na ja, als Assistentin, das müsste gehen." Seine Mutter musste lächeln und sagte protestierend: „Das könnte dir so passen. Ach, übrigens!", und dabei schaute sie auf ihre Armbanduhr, bevor sie weitersprach: „Frau Milda sagte, dass du heute um zehn Uhr an der Bibliothek sein sollst." Christian schaute auf seine Uhr und antwortete hektisch: „Und das sagst du mir jetzt erst! Da muss ich ja fliegen, wenn ich noch rechtzeitig da sein soll!" Er schnappte sich das Käsesandwich, zog sich die Jeansjacke über und schon war er verschwunden. Seine Mutter schaute ihm noch kopfschüttelnd hinterher, bevor sie auf den noch vollen Frühstückstisch blickte und schmunzelnd sagte: „Nur assistieren, der wird sich wundern."

14 Das erste Treffen

Ben und Trixy waren wieder mal die Ersten. Doch diesmal hatte Ben kein Kunststück auf Lager, sondern die beiden erzählten den anderen von dem, was sie beim Grafen gesehen und erlebt hatten. In diesem Zusammenhang wurde auch über die weitere Unterstützung und Hilfe durch Herrn und Frau Graf von Laufenfels, sowie Christians Mutter gesprochen. Besonders hatte Christian damit ein Problem. Er wusste nicht so recht, wie er damit umgehen sollte. Da übernahm Frau Milda das Kommando und sagte in ihrer üblichen Art: „Nun gut, wir haben also wieder eine Mission. Was deine Mutter und Großeltern betrifft, so solltest du diese Sache im Interesse deines Vaters sehen. Ich denke, wir werden ihre Hilfe dringend benötigen. Sie sind die Brücken zur

Grafschaft und ich habe das Gefühl, dass wir ohne deren Hilfe nicht schnell genug zum Ziel kommen werden. Wie ihr wisst, sitzt uns die Zeit wieder einmal im Nacken und da ist jede Hilfe recht. Außerdem wären wir ohne Sie vielleicht noch nicht einmal hier und du, Christian, wirst jetzt möglicherweise auch mehr Rückendeckung bekommen, oder?" Christian sagte verständnisvoll, aber auch skeptisch: „Ich denke schon." Da klopfte es an die Tür der Bibliothek. Es war Frau Burgbauer. Diese sagte ganz außer Atem: „Entschuldigt bitte, ich konnte nicht eher. Wie weit seid ihr?" Frau Milda sagte zu ihr: „Du hast noch nichts verpasst, Heidrun. Konntest du etwas über das Schloss und die Drachenhöhle herausfinden?" Frau Burgbauer zog ihren Mantel aus und sagte dabei: „Vermutlich gab es viele unterirdische Gänge, welche mit der Errichtung des Schlosses bereits angelegt wurden. Der damalige Graf war sehr auf Sicherheit bedacht und wollte keine ungebetenen Gäste. Dazu wurde im Krieg die Anlage noch erweitert. Leider existiert von all dem keinerlei Aufzeichnungen. Also bleibt uns nichts anderes übrig, als die Grafenfamilie zu befragen." Sie schaute dabei zu Christian und sagte zu ihm: „Jetzt kannst du dir denken, wie dringend wir die Hilfe deiner Mutter und Großeltern benötigen." Da fiel Christian das alljährliche Ritterturnier ein. Seit der fünften Klasse hatte er nicht mehr daran teilgenommen, obwohl Opa ihn jedes Mal dazu einlud. Da wird er wohl dieses Mal nicht drum herumkommen, wenn sie mit seinen Großeltern zusammenarbeiten wollten. Er hatte eigentlich kein Problem damit, wenn da nicht sein Cousin Otto wäre. Da Christian nie an Turnieren teilnahm, bezeichnete Otto ihn immer als „feiges Halbblut". Na gut, dachte er und nickte Frau Burgbauer zu. Frau Milda übernahm das Wort und sagte: „Okay, ich denke, wir müssen herausbekommen, was der History-Club dieses Mal eigentlich vorhatte. Ich vermute, dass es nicht nur um eine Besichtigung ging. Wir müssen also wieder klassische Detektiv-arbeit leisten. Jeder ermittelt in seinem Bereich. Heidrun, du im Museum. Ihr, Ben, Kendra und Christian, im Umfeld bei euch zu Hause. Trixy und ich werden sich im Internet und in der Bibliothek umsehen." Sie blickte zu Christian und ergänzte bittend: „Und du, informierst bitte deine Mutter über das, was wir heute besprochen haben, okay?" Er nickte, konnte sich aber immer noch nicht so ganz an den Gedanken gewöhnen, dass seine Mutter nun auch mit dabei war. Als alle dann zum Gehen aufstanden, hing Ben sein Stuhl am Rücken. Trixy fragte lustig: „Wie hast du das wieder geschafft?" Ben antwortet bittend: „Ich habe mir nur meine Jacke zubinden wollen. Kannst du mir helfen?" Trixy rollte kopfschüttelnd heran und sagte: „Ich sehe schon, du hast den Stuhl gleich mal mit angebunden, hoffentlich geht das nicht so weiter."

15 Herr Buchwalds Gartenhäuschen

Frau Milda hatte allen noch gesagt, dass sie sich ab sofort jeden Tag nach der letzten Stunde in der Bibliothek treffen. Die Eule in der Nische neben der Bibliothekstür sollte auch wieder genutzt werden. Sie sagte wie immer: „Die Eule ist hohl und der Kopf ist drehbar. Habt ihr eine Nachricht eingeworfen, dreht den Kopf nach rechts, müssen wir uns bereits zur Mittagspause treffen, dreht den Kopf nach links. Deshalb ist es gut, wenn ihr bei den Pausen gelegentlich einen Blick auf sie werft!" Ben hatte noch gefragt: „Kommissar Mausberger hat Mailo, den Hund von Herrn Buchwald, wieder bei uns zu Hause abgegeben. Kann ich ihn mitbringen?" Frau Milda hatte mit einem Augenzwinkern geantwortet: „Natürlich, schließlich gehört er ja fast schon zum Orden und außerdem ist es gut, dass jemand auf dich aufpasst, Ben."

Wie Kendra und Ben zu Hause ankamen, wurde ihnen gleich Mailo übergeben. Ihre Mutter sagte noch: „Es wird höchste Zeit, dass ihr kommt. Mailo muss dringend auf Gassi. Ich habe hier alle Hände voll zu tun und hatte bis jetzt noch keine Zeit dazu. Bitte, übertreibt es aber nicht, denn es gibt gleich Abendbrot!" Mailo war ein lebhafter Labradoodle und fühlte sich mittlerweile bei ihnen wie zu Hause. Kein Wunder, so oft wie sie ihn in der letzten Zeit behalten mussten, dachte Kendra so bei sich. Dann sagte sie zu Ben: „Was meinst du, fangen wir mit dem Suchen wieder bei Herrn Buchwalds Gartenhäuschen an?" Er nickte und antwortete: „Das ist eine gute Idee. Es könnte sein, dass da wichtige Informationen für uns liegen." Den Weg zum Wohnhaus mit der verschnörkelten Fassade kannten sie bereits in- und auswendig. Nach dem hölzernen Gartentor ging es dann hinter dem Haus, vorbei an den duftenden Rosenbüschen, in den Garten mit den Obstbäumen zum Gartenhaus. Doch diesmal stand das Gartenhaus nicht offen. Die blau-weiß-karierten Gardinen waren auch zugezogen. „Was machen wir jetzt?", fragte Kendra enttäuscht. Anstatt einer Antwort ging Ben zum Gartenzwerg, der neben der Tür stand, öffnete dessen Laterne, entnahm einen Schlüssel und sagte euphorisch: „Wir nehmen einfach den Schlüssel hier und schließen die Tür auf." Kendra bekam große Augen und fragte: „Woher weißt du von dem Versteck?" Ben antwortete einfach: „Herr Buchwald hat es mit mir so abgestimmt. Er meinte, falls mal wieder so eine Situation wie jetzt eintreten würde." „Ach, und wieso weiß ich nichts davon?", meckerte Kendra gleich. Da stützte Ben seine Hände in die Hüfte und sagte besserwisserisch: „Na, weil du letztens gerade mal wieder keine Zeit hattest, als ich es dir erklären wollte." Er hatte recht, sie war in letzter Zeit viel unterwegs und kaum zu Hause. Sie wollte jetzt nicht weiter diskutieren und sagte beruhigend: „Okay, lass uns lieber nach Hinweisen suchen, denn wir haben nicht viel Zeit. Am besten, wir teilen uns auf. Du suchst im Labor und ich in der Küche." Es war wie verhext, obwohl Ben gesagt hatte, dass da was sein musste, konnte Kendra keinen Hinweis finden. Darum ging sie zu Ben in die kleine Gartenhaus-Küche und fragte enttäuscht: „Ich habe nichts gefunden. Wie sieht es bei dir aus?"

16 Der Stick

Ben stand wie festgewurzelt und hielt einen Briefumschlag in der Hand. Kendra konnte erkennen, dass dieser für Ben war. Sie fragte gleich neugierig: „Und, hast du ihn schon geöffnet?" Er antwortete stotternd: „Ja, da ist ein Speicher-Stick drin." „Das ist ja prima. Da können wir dann gleich mal reinschauen. Mal sehen, was darauf gespeichert ist", sprach Kendra zuversichtlich. Ben sprach leicht beschämt: „Das sagst du so einfach. Herr Buchwald und ich hatten dafür einen Sicherheitscode ausgemacht und diesen habe ich leider vergessen." Kendra schimpfte gleich los: „Typisch, warum hast du ihn nicht gleich aufgeschrieben?" Ben antwortete entschuldigend: „Wollte ich ja, aber da kam Trixy und wir sind noch ein wenig Skateboard gefahren." Kendra beruhigte sich und sagte: „Okay, das hilft uns jetzt auch nicht weiter. Eventuell hat Trixy noch eine Idee. Am besten, wir trennen uns. Du fährst noch schnell zu Trixy und ich sage Mutti, dass du noch eine Hausaufgabe zu erledigen hättest."

Christian hatte seine Mutter über alle Einzelheiten des Treffens informiert. Diese sagte erstaunt: „Für Freizeitdetektive seid ihr sehr gut organisiert. Das gefällt mir. Doch ehe wir Vaters Bücherei durchsuchen, machen wir erst einmal Abendbrot." Beim Essen fragte Christians Mutter: „Ihr wollt also den Herrn Grafen und die Frau Gräfin einbeziehen?" Christian schaute seine Mutter verwundert an und antwortete: „Na ja, ist doch besser so. Bestimmt finden wir Vater dadurch schneller. Das Blöde ist nur, dass ich dadurch am jährlichen Ritterturnier teilnehmen muss." Seine Mutter sah ihn aufmunternd an und fragte: „Ja, aber das ist doch erst am übernächsten Wochenende. Was ist dein Problem? Als kleiner Junge hast du doch immer gerne zugesehen und später sogar bei den Kindern mitgemacht." Christian antwortete unsicher: „Das stimmt ja auch, aber seitdem habe ich nichts mehr davon trainiert. Jetzt muss ich schon bei der Jugend starten und da gibt es schon ein paar Sachen, die ich noch nicht geübt habe. Besser gesagt, ich weiß nicht, ob ich das überhaupt hinbekomme und Vater, der mir da noch etwas beibringen könnte, ist auch nicht da." Da griff seine Mutter nach seiner Hand und sagte mit vertrauensvollem Blick: „Ich kann dich da beruhigen. Denn ich habe da schon mit dem Herrn Grafen und auch Frau Milda gesprochen und diese meinten, sie würde auch dafür eine Lösung finden." Christian schaute sie verwundert und fragend an. Sie ergänzte: „Na ja, ich wollte nicht tatenlos herumsitzen." Christian konnte seiner Mutter ohnehin nichts abschlagen. Wenn da nicht der Herr Graf und Frau Gräfin, also Oma Margret und Opa Albert wären. Er kannte die beiden zu gut. Opa konnte stundenlang von seinen Abenteuern erzählen und Oma musste immer alles bestimmen. Ob das gut geht? Aber vielleicht hat Mutter recht, denn die beiden waren auf Schloss Laufenfels aufgewachsen und kennen nicht nur deren Geheimnisse, sondern auch deren Feste und Spiele. Schließlich war er auch mal Christians Trainer in der Kindergruppe.

17 Der Bauplan

Ben saß neben Trixy während diese versuchte, sich Zugang zu den Daten vom Stick zu verschaffen. Etwas genervt fragte sie ihn: „Und du weißt den Code wirklich nicht mehr?" Ben antwortete etwas betroffen: „Ich kann mich einfach nicht daran erinnern. Ich weiß nur, dass er sehr kurz war." Da fragte Trixy auf einmal schmunzelnd: „Und er hatte ein zotteliges Fell und eine feuchte Schnauze?" Ben fragte verdutzt: „Wieso?" „Na, weil er Mailo hieß!", war Trixys lachende Antwort. Dann hörte man schon den Drucker rattern. Trixy nahm das ausgedruckte Blatt, betrachtete es und sagte nachdenklich: „Das sieht aus wie ein Foto von einem alten Bauplan. Das müssen wir unbedingt morgen Frau Milda zeigen. Am besten, wir treffen uns da schon zur Mittagspause!" Ben schaute Trixy zustimmend an und sagte mit einem Augenzwinkern: „Okay, dann werde ich der Eule morgen früh gleich mal den Kopf verdrehen." Jetzt mussten beide lachen.

Die Mathestunde war für Kendra heute besonders langweilig. Den Lehrstoff hatte sie gleich mit der ersten Lektion verstanden, doch für einige ihrer Mitschüler schien er trotz mehrfacher Erklärung immer noch spanische Dörfer zu sein. Sie war sichtlich erleichtert, als die Pausenglocke läutete. Christian wartete wie immer vor der Tür und sagte: „Herr Bouba hat mich vor der Stunde wegen des Ritterturniers am übernächsten Wochenende angesprochen. Er möchte mir helfen." Kendra blickte ihn an und fragte: „Was für ein Turnier?" Er antwortete: „Na, das alljährliche Ritterturnier." Sie fragte gleich weiter: „Du bist dir ganz sicher? Du meinst das jährliche Ritterturnier auf Schloss Laufenfels." Er antwortete betroffen: „Ja, ich muss da mitmachen, damit wir Herrn Graf und Frau Gräfin für unsere Rettungsmission mit ins Boot bekommen." Da wurde Kendra hellhörig und man sah ein Leuchten in Ihren Augen und sie sagte hellauf begeistert: „Das sagst du so nebenbei. Das ist diiie Veranstaltung und du noch als Ritter. Ich glaube das nicht. Ich freue mich schon lange darauf. Da kann ich endlich mein Burgfräulein-Kostüm anziehen. Das muss ich gleich Trixy erzählen." Christian bereute es gerade, dass er es Kendra gesagt hatte, denn ihre Reaktion machte ihm die ganze Sache nicht leichter. Er wird das Kind schon schaukeln und außerdem war jetzt erstmal Mittagspause, dachte er beruhigend. Wie er in die Cafeteria abbiegen will, fragte Kendra: „Ach, das hatte ich dir vergessen zu sagen. Trixy und Ben haben gestern wichtige Hinweise gefunden, welche ein Treffen heute schon zur Mittagspause erforderlich machen." „Na Klasse, das war es zum Thema Beruhigung", sagte sich Christian.

Wie immer waren Trixy und Ben die Ersten in der Bibliothek. Doch diesmal gab es keine Kunststücke davor, sondern es ging gleich zur Sache. Sie diskutierten mit Frau Milda über ein Blatt Papier, welches vor ihnen auf dem alten hölzernen Schreibtisch lag. Kendra rief bereits an der Tür: „Wisst ihr schon das Neueste? Christian nimmt dieses Jahr am Ritterturnier auf Schloss Laufenfels teil." Das Blatt Papier wurde kurz uninteressant und Trixy fragte gleich: „Was, sag bloß. Das ist, nicht wahr?" Ben rief gleich: „Da benötigst du doch bestimmt einen Knappen? Ich stünde da zu Diensten." Kendra drehte sich zu Ben und sagte schnippisch: „Ich glaube, sie benötigen auch noch einen Hofnarren." Da mischte sich gleich Frau Milda ein und sagte in ihrem Lehrerton: „Schluss jetzt. Christian hat sich das bestimmt nicht ausgesucht." Wie sie das sagte, nickte sie Christian zu. Dann sagte sie weiter: „Von Christians Mutter wurde mir bestätigt, dass wir so am besten den Kontakt zur Grafenfamilie aufrechterhalten können." Kendra ärgerte sich über sich selbst, denn für einen kurzen Moment hatte sie sich hinreißen lassen und dabei ihre Großeltern und die Dringlichkeit der Mission vergessen. Sie sagte beschämt: „Sorry, das hatte ich kurz vergessen." Frau Milda sprach weiter: „Alles gut. Wir müssen konzentriert arbeiten, denn wie ich von Kommissar Mausberger weiß, haben diese auch noch keine Anhaltspunkte." Da öffnete sich die Bibliothekstür und Frau Burgbauer kam herein und sagte wieder mal außer Atem: „Entschuldigt bitte, ich habe noch mit Sigi, also Herrn Steinhauer, gesprochen. Der sagte, dass das Bergwerk vorerst geschlossen sein wird. Es sind Suchtrupps unterwegs. Die einen suchen nach der verschütteten Gruppe und die anderen nach Mienen und Munition. Diese Törtchen-Mienen sind einfach zu gefährlich." Frau Milda begrüßte Frau Burgbauer mit: „Heidrun, gut, dass du kommst. Schau dir mal hier diesen Bauplan an. Was denkst du? Sind das Gänge?" Frau Burgbauer schaute sich die Zeichnung etwas genauer an und fragte aufgeregt: „Wo habt Ihr denn diese aufgetrieben?" Kendra antwortete: „Aus Herrn Buchwalds Gartenhäuschen." Frau Burgbauer holte eine Lupe aus ihrer Handtasche und sah sich den Bauplan etwas genauer an und sagte: „Ich glaube, ich habe davon eine Blaupause, also Kopie, in den Unterlagen des Museums gesehen. Ich konnte ihn bis heute keinem Grundstück so richtig zuordnen. Aber nach den letzten Erkenntnissen könnte diese uns nützlich sein." Frau Milda lehnte sich zurück, verschränkte ihre Arme und sagte nachdenklich: „Wir müssen ihn unbedingt mit einem örtlichen

Lageplan vergleichen. Denn nur so können wir uns orientieren. Wir werden uns heute Nachmittag aufteilen. Trixy, Heidrun und ich suchen in dem Museum und Kendra, Ben und Christian, ihr trefft euch mit der Grafenfamilie. Deine Mutter, Christian, hat den Termin bereits abgestimmt und wird euch begleiten." Sie schaute auf die Uhr und sagte: „Die Mittagspause ist fast vorbei. Wir treffen uns morgen um die gleiche Zeit." Damit war die Besprechung beendet. Außer für Ben, der hatte versucht, mit drei Büchern auf dem Kopf, auf einem Bein zu balancieren. Sein Rekordversuch endete zum Glück bei Trixy auf deren Schoß. Gut, dass ihr Rollstuhl angebremst war. Erschrocken, aber dann doch lachend sagte sie: „Scheinbar muss es hier Hofnarren regnen, denn mir ist gerade einer in den Schoß gefallen." Frau Milda drehte mit den Augen und kommentierte: „Irgendwie kann ich Kendra manchmal verstehen."

18 Das Wettkampftraining

Nachdem alle angetreten waren, begrüßte Herr Bouba die Klasse mit „Sport" und diese antwortete mit „frei". Er sagte: „Wir hatten in der letzten Stunde besprochen, dass wir mit der Nachbarschule eine Art Sommer-Biathlon-Wettkampf durchführen wollen, und zwar als Mixstaffel. Eure Hausaufgabe war es, euch einen Partner oder Partnerin zu suchen, mit dem ihr dann gemeinsam den Wettkampf bestreitet. Scheinbar ist dies nur wenigen gelungen." Herr Bouba schien damit gerechnet zu haben und begann gleich diejenigen, welche noch solo waren, zu Pärchen zusammenzustellen. Irgendwie musste er ein Händchen dafür gehabt haben, denn keiner der Schüler beschwerte sich über seinen ihm zugeordneten Partner. Zum Schluss blieb nur noch Trixy übrig. Der bot er einen Posten als Kampfrichterin an. Doch diese hatte etwas anderes vor und fragte ihn: „Herr Bouba darf ich einen Jungen aus einer anderen Klasse als Partner wählen?" Herr Bouba wusste schon, woher der Wind wehte und antwortete mit einem Augenzwinkern: „Ich nehme an, du meinst Ben. Doch der ist eine Altersstufe jünger und das könnte für dich nachteilig sein?" Trixy antwortete entschlossen: „Das Risiko gehe ich ein, schließlich trainieren wir schon einige Zeit zusammen Skateboard-Fahren." Herr Bouba richtete sich auf und sagte mit einem Nicken: „Okay, das müsste zu machen sein. Ich werde mit der Frau Direktorin sprechen. Allerdings könnt ihr nur in der Freizeit zusammen trainieren." Dann sagte Bouba zu allen: „Wie ihr bestimmt wisst, besteht Biathlon aus zwei Disziplinen, Laufen und Schießen. Ich habe mit der Direktorin, Frau Löwenberger, gesprochen und diese wiederum mit dem Besitzer des hiesigen Sportgeschäfts, Herrn Rittmeier. Da Luftgewehre zu teuer sind, hat Herr Rittmeier Pfeil und Bogen vorgeschlagen. Er hatte noch ein paar ältere Modelle von einfachen Holzbögen für Anfänger auf Lager. Dank Frau Löwenberger haben wir diese vom Sportgeschäft gesponsert bekommen. Es mussten nur die Pfeile gekauft werden. Eure Hausaufgabe ist es, einen Pfeilköcher für die fünfzig Zentimeter langen Pfeile anzufertigen. Es müssen sechs Pfeile darin Platz haben und er sollte auf dem Rücken tragbar sein, so wie auf diesem Bild hier." Wie er das sagte, zeigte er ein Bild mit einer Bastelanleitung für so einen Köcher. Er ergänzte noch: „Wer eine Kopie davon haben möchte, kann sich nach dem Unterricht bei mir melden. Und noch eins dazu. Für den an-gefertigten Köcher wird es eine Note geben. Also gebt euch Mühe! So und jetzt noch zur Länge der Strecke und den Regeln. Es sind drei Stadion-Runden zu laufen. Dazu kommt noch das Bogenschießen, und zwar einmal stehend und einmal in kniender Position. Wir werden heute beides trainieren." Nachdem Herr Bouba noch ein paar Sicherheitshinweise bezüglich des Bogen- schießens gegeben hatte, teilte er die Klasse in zwei Gruppen. Die eine begann mit dem Lauf- training und übte anschließend das Bogen- schießen. Die andere machte erst noch eine Art Kreistraining, lief dafür aber eine kürzere Strecke, bevor sie dann auch mit Pfeil und Bogen schossen. Danach wurde gewechselt und das ging so weiter, bis die beiden Sportstunden vorüber waren.

Kendra war ziemlich geschafft, als sie aus der Umkleidekabine kam. Sie schaute sich um und stellte fest, dass sie die Erste war. Sonst stand Christian immer schon wartend im Flur. Sie konnte sich schon denken, warum er noch nicht umgezogen war. Hatte sie ihn doch zusammen mit Herrn Bouba auf dem Weg zur Umkleidekabine gesehen. Kendra fragte sich, was die beiden wohl so Wichtiges zu bereden hatten. Da ging auch schon die Tür der Jungs-Umkleide auf und Christian kam heraus. Seine Haare waren noch nass und er sah ziemlich abgekämpft aus. Sie fragte gleich: „Und, alles okay? Was hat eigentlich Herr Bouba von dir gewollt?" Er antwortete etwas müde: „Es ging um das Ritterturnier. Frau Milda hatte mit ihm gesprochen und ihn gefragt, ob er mir da helfen könnte." Kendra fragte ungeduldig: „Und kann er?" Christian nickte und antwortete: „Er selbst nicht, aber seine Studienfreundin Maja von Wiesenstein. Er möchte sie mir heute nach der letzten Stunde vorstellen. Du kennst sie übrigens." Kendra fragte verdutzt: „Wer soll das sein?" Christian antwortete prompt: „Na, die Sportlerin von der Nachbarschule." Kendra fiel ein Stein vom Herzen. Nicht, dass sie eifersüchtig wäre. Doch man muss schon wissen, mit wem man es zu tun hat, sagte sie zu sich. Kendra kannte die junge schlanke Sportlehrerin der Nachbarschule. Sie war ihr sehr sympathisch. Allein deshalb, weil sie stets ihre langen schwarzen Haare zu Zöpfen gebunden hatte. So sagte sie begeistert und mit Stolz: „Das klingt doch cool. Da wird aus dir noch ein richtiger Ritter." Und wie sie das sagte, kam sie nicht umhin, ihm einen Kuss auf die rechte Wange zu geben. Dies führte aber dazu, dass sich seine Gesichtsfarbe plötzlich veränderte und er fragte: „Warum das jetzt?" Sie antwortet mit einem Lächeln und Augenzwinkern: „Ach, mir war nur so."

19 Die Trainerin

Der Geschichtsunterricht war für Christian heute besonders interessant. Seine Fantasie war so sehr auf die Geschehnisse der damaligen Zeit gerichtet, dass er wieder einmal das Läuten zum Ende der Stunde überhörte. Wie er gerade dabei war, die Bücher akkurat in seine Tasche zu verstauen, erinnerte ihn Kendra nochmal an das Treffen heute Abend auf Schloss Laufenfels. Christian sagte: „Da brauchst du dir keine Sorgen zu machen. Solange meine Mutter dabei ist, kann ich keinen Termin vergessen." Kendra fragte ironisch: „Wirklich nicht?" Christian antwortete lächelnd: „Keine Chance."

Vor der Schule warteten schon Herr Bouba mit der Maja vom Wiesenstein auf Christian. Diese reichte Ihm die Hand und kam auch gleich zur Sache: „Hallo Christian, ich bin Maja von Wiesenstein. Wir beide sind sogar über etliche Ecken miteinander verwandt. Wenn du da etwas Näheres erfahren möchtest, ist es besser, du fragst dazu deinen Opa, den Herrn Grafen. Bitte nenne mich ab sofort nur Maja, der Rest ist uninteressant. Wir kennen uns ja bereits vom Karate-Wettkampf und daher weiß ich auch, wie sportlich du bist. Nur geht es hier um einige andere Disziplinen. Du wirst reiten, Bogenschießen und eventuell mit dem Holzschwert kämpfen müssen. Was davon hast du schon gemacht?" Christian antwortete: „Ich kenne das Reglement und die Disziplinen. Mein Vater hat mir die Grundlagen beigebracht." Maja fragte gleich weiter: „Und warum hast du nie daran teilgenommen?" Christian schaute verlegen auf den Boden und sagte: „Das stimmt nicht ganz. Als kleiner Junge hat es mir sogar Spaß gemacht. Nur haben mich die anderen immer gehänselt, weil meine Mutter keine Adlige war. Otto von Hirschberg hat mich deswegen ein Halbblut genannt. Ich wollte mit dem Schnösel einfach nichts mehr zu tun haben." Da sagte sie verständnisvoll, aber auch aufmunternd: „Ich kenne diese Großklappe, vor dem brauchst du dich nicht zu verstecken. Doch was du da sagst, klingt gut. Damit bräuchten wir nur noch ein Pferd und wir könnten mit dem Training beginnen. Hat dein Opa, der Herr Graf, noch Pferde?" Christian antwortete: „Ja, Stute Celestina und Hengst Diego. Beides sind Friesen und lassen sich gut reiten. Wir sind heute Abend bei Opa und da kann ich ihn fragen. Bestimmt können wir auch auf der Schlossanlage trainieren." Maja schaute zufrieden und sagte noch mit einem Augenzwinkern: „Okay, dann werden wir ab morgen mit dem Training beginnen. Sag mir morgen nur Bescheid, wann und wo wir uns treffen. Das Übrige bespreche ich dann mit deiner Mutter, oder?" Christian nickte und da es vorerst nichts weiter zu besprechen gab, verabschiedeten sie sich. Christian bedankte sich noch bei Herrn Bouba für seine Unterstützung.

Als er zu Hause ankam, wartete seine Mutter schon fertig angezogen im Foyer. Mit Blick auf ihre Armbanduhr sagte sie: „Das wird ja höchste Zeit. Du weißt, dass wir zu Opa müssen." Christian entschuldigte sich und erzählte von der Besprechung. Seine Mutter sagte erfreulich: „Ach Maja, von der habe ich lange nichts gehört. Das freut mich aber, dass sie dir bei der Sache hilft. Du musst wissen, sie war die ungeschlagene Meisterin." Christian fragte: „Warum hast du mir nie von ihr erzählt?" Sie schaute ihn nachdenklich an und sagte: „Ich kenne sie durch deinen Vater. Sagen wir mal so, die von Laufenfels hätten es gerne gesehen, wenn er sie geheiratet hätte. Doch leider wollte sie nicht und das machte die Sache eine Zeit lang zu einem Tabu-Thema. Doch ich glaube, das müsste sich wieder gegeben haben." Nun warf Christians Mutter einen Blick auf ihre

Armbanduhr und sagte erschrocken: „Aber jetzt genug geplaudert, wir müssen los, sonst kommen wir zu spät."

20 Das Treffen beim Grafen

Ben und Trixy waren die Ersten am Schloss. Ben zeigte Trixy seinen berühmten Einhand-Stand. In der anderen Hand hatte er zwei Kugeln, mit denen er jonglieren wollte. Es wurde leider nichts daraus, weil auf einmal die Tür aufging. Da er sich aber mit einem Bein an der Tür stützte, kippte er so in Richtung des Herrn Grafen. Dieser hatte ein Klopfen an der Tür gehört und wollte nachsehen, wer davorstand. Jeden anderen hätte vermutlich Bens Fuß ins Gesicht getroffen, doch der Graf wich gekonnt seitlich aus und konnte dabei noch Ben auffangen. Dabei sagte er ironisch: „Aber nicht so stürmisch, junger Mann." Ben war dies sehr peinlich und so entschuldigte er sich gleich mehrfach. Frau Milda traf auch gerade ein und meinte mit einem Augenzwinkern zu Ben: „Also doch Hofnarr?" Der Herr Graf sagte zu Bens Verteidigung und mit einem Augenzwinkern zu Frau Milda: „Hofnarren waren oft geschickter und schlauer als so mancher Ritter." „Wie recht sie damit haben", kam es von Frau Burgbauer, die auch gerade eingetroffen war.

Nachdem die Frau Gräfin allen eine Tasse Tee und ihr selbst gemachtes Gebäck angeboten hatte, begann der Herr Graf mit: „Im Namen meiner Frau und mir, begrüße ich euch alle recht herzlich auf Schloss Laufenfels. Der Anlass unserer heutigen Zusammenkunft ist allen bekannt und so wollen wir doch gleich zur Sache kommen. Ich bitte dazu Frau Milda ums Wort." Diese räusperte sich und sagte etwas steif: „Nun ja, wie ihr wisst, gab es von Anfang an die Vermutung, dass es ein unbe-kanntes Tunnelsystem um die Drachenhöhle geben muss. In diesem wird wahrscheinlich die Gruppe vom History-Club verschollen gegangen sein. Warum und weswegen sie in diesen Gängen unterwegs waren, wissen wir bisher nicht. Dank Heidruns, also Frau Burgbauers Recherchen, haben wir eine Vermutung, um was es sich handeln könnte. Dazu kommen die von Herrn Buchwald hinterlassenen Hinweise und Zeich-nungen von vermutlich vorhandenen unter-irdischen Bauwerken. Frau Burgbauer wird uns jetzt Näheres darüber erzählen." Diese zog aus ihrer Mappe ein größeres, ziemlich altes Blatt

Papier. Es war bläulich gefärbt. Anstelle von sonst schwarzen, waren hier alle Zeichnungen mit weißen Linien dargestellt. Dazu sagte sie: „Im Museum werden unter anderem auch historische Bauunterlagen archiviert. Beim Umräumen war mir neulich, eine Mappe in die Hände gefallen. Vermutlich wollte man nach dem Krieg ein Verwaltungsgebäude in der Nähe errichten. Zu diesem Zeitpunkt muss es noch genauere Unterlagen zu den Tunnelanlagen gegeben haben, denn schließlich diente das alles für militärische Forschungen und gleichzeitig auch als Bunker-anlage. Das, was wir hier haben, ist aber nur ein Entwurf und keine endgültige Bauzeichnung. Es kann also sein, dass es nicht so gebaut wurde. Ich habe deshalb Herrn Steinhauer mal drüber schauen lassen und er hat mir die Gänge und Bauwerke gekennzeichnet, welche bereits vom Bergbau her existieren müssten." Der Herr Graf räusperte sich und meinte, er hätte da auch noch Unterlagen. Frau Gräfin wusste gleich Bescheid und ehe man sich versah, war diese schon mit den Worten: „Ich hole sie mal gleich", auf und davon. Frau Milda schaute sich die Zeichnung nochmals genauer an und fragte Frau Burgbauer: „Heidrun, könnte das hier ein Schacht sein, der in die Tiefe geht?" Diese antwortete: „Durchaus, aber ich sehe keinen Weg dahin." Und wie sie das sagte, ging die Tür auf und Frau Gräfin kam schnurstracks zum Tisch gefahren und breitete eine weitere Blaupause aus. Sie sagte bedauerlich: „Das ist alles, was ich noch finden konnte." Beim Vergleich der beiden Bauzeichnungen stellte Kendra fest: „Das hier sieht aus, als ob es eine Verbindung vom Zugang der Drachenhöhle zu den geplanten alten Bergwerk-Anlagen geben müsste." Da meldete sich der Herr Graf zu Wort und sagte: „Soweit ich das sehe, gibt es aber auch einen Zugang über die Schlosskapelle." Plötzlich rückte Ben an den Plänen und kommentierte: „Das, was Herr Graf da sagt, stimmt und ich weiß auch schon über welchem Gang. Nur der war zugeschüttet." Frau Burgbauer sagte enttäuscht: „Also doch eine Sackgasse?" Da holte Ben sein Handy aus der Hosentasche und schaute sich nochmals das Foto genauer an, welches er bei der Rettungsaktion gemacht hatte und sagte etwas aufgeregt: „Nein, das kann ich so nicht bestätigen. Hier seht ihr", und er zeigte den anderen das Foto und sprach weiter: „Da ist ein Wasserloch, eventuell müssten wir das noch überprüfen." Frau Milda schaute auf ihre Uhr und sagte in ihrem militärischen Ton: „So wie ich das hier sehe, bleibt uns nichts anderes übrig, als diese Sache in Angriff zu nehmen. Morgen habt ihr doch alle eher Schulschluss. Da werden wir die Aktion durchführen. Wir benötigen Taucherbrillen, Schnorchel, Flossen und eine Lampe, die unter Wasser funktioniert?" Da meldete sich der Herr Graf und meinte, er habe solch eine Lampe. Christian bekam die Erlaubnis von seiner Mutter, die Kletterausrüstung von seinem Vater mitzubringen und Ben kümmerte sich, so wie er sagte, um den Rest.

21 Bens Überraschung

Christian und seine Mutter sprachen nach dem Treffen noch mit dem Herrn Grafen bezüglich des Ritterturniers. Der Herr Graf fragte Christian: „Ich weiß noch, als kleiner Junge warst du bei jedem Wettkampf eifrig dabei und sogar mit einer der Besten. War es etwa, weil die anderen dich immer gehänselt haben?" Christian antwortete verlegen: „Ich denke schon." Der Herr Graf sagte aufmunternd: „Ein von Laufenfels lässt sich doch wegen so einer Sache nicht unterkriegen. Und was Maja von Wiesenstein betrifft, mag sein, dass Maja und ich nicht immer einer Meinung sind, doch als Trainerin ist sie die Beste. Diesmal werden wir den anderen zeigen, aus welchem Holz wir geschnitzt sind." Er sah Christian dabei zuversichtlich in die Augen und klopfte anerkennend dessen Schulter. Christian fühlte auf einmal etwas, das er seit langen vermisst hatte. Da war wieder der Opa, mit dem er schon als kleiner Junge gern zusammen gespielt hatte. Christian bedankte sich für die aufmunterten Worte und fragte, welches Pferd er zum Turnier reiten darf. Der Herr Graf antwortete: „Du bist lange nicht geritten, dann empfehle ich dir Celestina. Ach, übrigens, diesmal ist es Pflicht, dass eine Partnerin oder ein Partner eine der Disziplinen stellvertretend für dich bestreiten muss. Es ist keine Änderungen des Reglements, sondern ein Wunsch der Frau Gräfin. Vermutlich möchte sie ein Zeichen setzen und die alten Hierarchien auflockern. Ja, sie war schon immer ein Freigeist." Dabei blickte er etwas verliebt zu Frau Gräfin, die sich gerade intensiv mit Trixy unterhielt. Dann drehte sich Christians Mutter zu Christian und sagte noch: „Übrigens, euch wird wohl nichts anderes übrigbleiben, als frühzeitig vor Schulbeginn zu trainieren. Denn die Zeit nach dem Unterricht werden wir wohl für die Rettungs-aktionen benötigen." Doch Christian schien dies nichts auszumachen und sagte: „Es ist ja nur bis übernächstes Wochenende."

Die Frau Gräfin und Trixy standen immer noch Rollstuhl an Rollstuhl und redeten ganz eifrig miteinander. Dann rief sie auf einmal Ben zu sich. Der hatte in der Zwischenzeit sich nochmal die Ritterrüstung genauer angesehen. Als er die Frau Gräfin rufen hörte, erschrak er so sehr, dass er die Rüstung beim Umdrehen anstieß und diese daraufhin laut scheppernd umfiel. Der Herr Graf rief amüsant: „Na Ben, haben dich die Ritter wieder belästigt?" Kendra schüttelte mit dem Kopf und meinte: „Mit dir kann man nirgendwo hingehen. Immer musst du irgendeinen Blödsinn machen. Geh du jetzt zu Frau Gräfin. Ich mache das hier mit der Ritterrüstung." Die Frau Gräfin schaute Ben neugierig an und fragte mit einem Augenzwinkern: „Zum Ritterturnier gibt es immer ein Ritterfest und so wie mir Trixy berichtete, hast du schon einige Erfahrung als Clown und wir können noch eine Attraktion gebrauchen." Ben fragte empört: „Was, soll ich schon wieder den Clown machen?" Trixy sagte mit dem Blick, welchem Ben nicht widerstehen konnte: „Ben, du bist einfach der Beste darin und außerdem haben wir noch eine Überraschung für dich." Sie machte eine Kunstpause und setzte dabei ihren ge-heimnisvollen Blick auf. Ben überlegte, was das wohl für eine Überraschung sein sollte. Er fragte Trixy in dem er dabei mit den Augen rollte: „Was muss ich denn noch machen?" Trixy antwortete freudig: „Luca und die Akrobatik-Gruppe sind auch wieder mit dabei und ich habe schon Kontakt zu ihnen aufgenommen. Na, was sagst du nun?" Ben war kurz sprachlos, denn damit hatte er nun gar nicht gerechnet. So richtig konnte er sich nicht freuen. Klar, für die anderen war sein Auftritt mit Lucas Gruppe damals ein Erfolg gewesen. Doch dabei hatte er nur Glück gehabt. Er wollte damals mit Trixy noch darüber reden, hatte sich dann aber doch geschämt und es nicht getan. Jetzt blieb ihm nichts anderes übrig, als gute Miene zum bösen Spiel zu machen und so sagte er mit vorgetäuschtem Lächeln: „Ach ja, das freut mich aber. Die wollen doch nicht wieder die Hochseilnummer machen?" Trixy antwortete begeistert: „Nein, diesmal wird es eine Trapeznummer geben. Richtige Luftakrobatik also und du sollst mitmachen." Als er die letzten Worte hörte, fing auf einmal an sich die Erde, um ihn zu drehen und es wurde finster.

22 Eine Aufgabe für Kendra

Ein neugieriger Sonnenstrahl hüpfte durch Kendras Dachzimmer. Vermutlich hatte er sich verlaufen. Doch dann blieb er genau in Kendras Gesicht und kitzelte sie wach. Kendra blinzelte ein wenig und schaute auf ihren Wecker. Dieser konnte noch nicht geklingelt haben, denn seine zwei Klingelschellen machen einen höllischen Lärm. Sie hatte diesen Wecker von ihrer Oma geschenkt bekommen. Er war sehr alt, denn ursprünglich gehörte er Omas Mutter. So genau ging er nicht, aber wie gesagt, sein Klingeln war dafür unübertroffen. Sie musste an gestern denken.

Ben war einfach umgefallen. Zum Glück hatte er sich nicht verletzt, denn Christian stand noch in der Nähe und hatte ihn gerade noch so auffangen können. Ben hatte, nachdem er wieder zu sich gekommen war, gesagt: „Ich muss kurz weggetreten sein, weiß auch nicht warum." Trixy sagte darauf zu den anderen mit einem Augenzwinkern: „Vermutlich hat er sich zu sehr darüber gefreut, wieder mit Luka und dessen Akrobatik-

Gruppe auftreten zu können." Alle waren hellauf begeistert von der Nachricht, nur Bens Lächeln war etwas gequält. Na ja, jedenfalls hat Trixy zusammen mit Frau Gräfin für morgen ein Treffen zwischen Luca und Ben organisiert. Die beiden werden natürlich auch dabei sein, denn Frau Gräfin hatte Trixy als Mitglied zum Festkomitee gewählt. Mal sehen, wie die Sache ausgeht, dachte sich Kendra und schwang sich an dem Tau, welches vor ihrem Bett hing, bis fast zu ihrem Kleiderschrank. Sie holte die neue, erst kürzlich mit der Mutter gekaufte Jeans und das kurze Top aus ihrem Kleiderschrank und sagte sich: „Heute werde ich mal was Neues ausprobieren." Dabei kramte sie in der Schublade ihres Spiegelschrankes, holte den heimlich gekauften Mascara heraus und versuchte damit ihre Wimpern etwas hervorzuheben. Schließlich machte sie sich dann auf den Weg in die Küche. Natürlich kam ein kleiner Kommentar von ihrer Mutter, die meinte: „Guten Morgen. Oh, haben wir heute etwas Besonderes vor?" Kendra antwortete mit einem Augendrehen: „Nein, nur mal was ausprobiert." Ihre Mutter brachte ihr eine Tasse Kakao und sagte versöhnlich mit einem Augenzwinkern:

„Sieht aber gut aus." Mit einem lauten Poltern kam Ben herein. Mutter begrüßte ihn ebenfalls: „Guten Morgen, Ben. Du machst auch jede Mode mit." Dabei zeigte sie auf seine Füße. Ben sah zwar, dass er unterschiedliche Socken anhatte, winkte aber ab, denn schließlich hatte er ja Wichtigeres zu tun. Kendra rollte mit den Augen, als sie auf den Hof kam. Sie wollte an ihr Fahrrad, doch Ben hatte den Zugang mit seinem voll bepackten Fahrradanhänger zugestellt. Er rief aus dem Schuppen: „Bin gleich fertig. Nur noch den Wasserschlauch, dann habe ich alles." Kendra fragte neugierig: „Was willst du denn mit dem alten Wasserschlauch? Den wollte doch Vater wegwerfen. Und du willst doch nicht etwa den Hänger mit in die Schule nehmen?" Er antwortete schwer atmend: „Nein, ich schaffe ihn vorher noch zum Herrn Grafen. Das ist so mit ihm abgestimmt. Und wegen des Wasserschlauches habe ich da so eine Idee und ich denke, wir werden ihn benötigen. So, aber jetzt muss ich los, denn der Herr Graf wird schon warten und außerdem komme ich sonst noch zu spät zum Unterricht." Die beiden scheinen so wie Frau Gräfin und Trixy das neue Dream-Team zu sein, dachte Kendra so bei sich. Ja, und Christian trainiert mit Frau von Wiesenstein. Sie war wohl die Einzige, ohne neuen Partner, waren so ihre weiteren Gedanken, da sah sie Christian um die Ecke fahren. Er grüßte freudig: „Na, guten Morgen, schöne Maid." Sie sagte etwas schnippisch: „Und wie war das Training mit Frau von Wiesenstein?" Christian antwortete mit einem Augenzwinkern: „Sehr gut. Übrigens, ich habe eine Überraschung für dich." Urplötzlich war da wieder ein Lächeln in Kendras Gesicht. Sie fragte schmollend: „Was soll das schon sein?" „Der Herr Graf hatte mir gestern mitgeteilt, dass auf Wunsch von Frau Gräfin es dieses Mal kein Einzelwettbewerb sein wird. Ich benötige eine Partnerin und da habe ich an dich gedacht. Was sagst du dazu?" Kendra fragte unsicher: „Und was soll ich da machen? Ich kann noch nicht mal reiten." Er antwortete gleich: „Du musst nicht reiten, du kannst dir eine von den anderen beiden Disziplinen aussuchen." Sie fragte energischer: „Und das wären welche?" Er sagte beruhigend: „Na für dich gebe es da noch das Bogenschießen, denn Schwertkampf hast du ja auch noch nicht trainiert, oder?" Sie wurde etwas nachdenklich und sagte dann aber etwas ironisch, mit einem

Augenzwinkern: „Okay, aber das mit dem Schwertkampf muss ich mir noch überlegen."

23 Das Wasserloch

Kendra und Christian wurden bereits am Eingang des Gymnasiums von Frau Milda in Empfang genommen. Sie sagte aufgeregt: „Ich habe mit Frau Direktor Löwenberger gesprochen und ihr gesagt, wir müssten das Projekt von Montag noch zu Ende bringen und dazu bräuchten wir noch die Schlossbesichtigung und der Herr Graf hätte nur heute Nachmittag Zeit. Sie hat zugestimmt." Kendra fragte skeptisch: „Das hat sie einfach so gemacht?" Frau Milda wurde etwas verlegen und meinte: „Na ja, sie sagte, wenn ich ihr verspräche, dass es nur bei dieser einen Sache bliebe und ich euch alle wieder heil nach Hause bringen würde. Ich glaube manchmal, dass sie hellseherische Kräfte besitzt. Der Herr Graf weiß übrigens auch schon Bescheid." Kendra fragte noch: „Und was ist mit Ben?" Frau Milda antwortete mit einem Augenzwinkern: „Das habe ich mit seiner Klassenlehrerin abgestimmt. Der hat jetzt nur ein paar Hausaufgaben mehr."

Der Herr Graf und die Frau Gräfin warteten schon ungeduldig vor der Außentür zur Turm-Kapelle, denn am Himmel sammelten sich immer mehr Wolken. Vom Herr Grafen kam ein ungeduldiges: „Wo bleiben sie bloß? Der Wetterbericht hat für heute Nachmittag vereinzelt Regen gemeldet. Das könnte die ganze Aktion gefährden." Frau Gräfin antwortete beruhigend: „Hab etwas Geduld, Albert. Es ist doch noch nicht mal dreizehn Uhr. Sie werden bestimmt gleich da sein. Schau mal, da kommt schon Frau Burgbauer." Frau Burgbauer sagte ganz außer Atem: „Hallo Frau Gräfin, hallo Herr Graf, bin ich die Erste?" Frau Gräfin antwortete: „So wie es aussieht." Frau Burgbauer meinte: „Ich habe noch etwas Wichtiges herausgefunden. Besser gesagt, Sigi, ich meine, Herr Steinhauer hat es mir gesagt." Und wie sie den Satz fortführen wollte, trafen alle anderen ein und es erfolgte ein Begrüßens-Gewusel. Frau Milda war die Erste, welche alle zur Ruhe brachte und sagte in ihrem üblichen militärischen Ton: „Da wir uns nun alle Begrüßt haben, ist es nun an der Zeit, dass wir mit unserem Vorhaben beginnen, denn uns bleibt nicht viel Zeit und wenn ich mir so den Himmel ansehe, werden auch die Bedingungen nicht besser. Herr Graf, Ben und Kendra, ihr seid der Erkundungstrupp. Frau von Laufenfels, du Heidrun und du Christian, ihr macht den Hilfs- und Rettungstrupp. Frau Gräfin, Trixy und meine Wenigkeit bilden die Einsatzzentrale." Jetzt meldete sich Frau Burgbauer zu Wort: „Sigi hat mir gesagt, dass es eigentlich drei Drachenhöhlen geben müsste, nur die beiden anderen noch nicht gefunden wurden. Auch soll es einige unterirdische Gewässer geben. Man vermutet, dass alle irgendwie in Verbindung stehen und wir sollten vorsichtig sein. Minen dürfte es eigentlich keine mehr geben, dafür könnte da aber noch ältere Fallen sein, denn die Höhlen dienten schon im Mittelalter als Schutzanlage." Frau Milda danke Frau Burgbauer für die Hinweise, blickte nochmals kurz auf ihre Armbanduhr und fragte: „Wie viel Worki-Torkis haben wir?" Ben sagte gleich: „Wir haben zwei Sets. Taucherbrille und Badesachen habe ich auch mit dabei." Kendra sagte noch lustig dazu: „Und noch anderen Krempel." Frau Milda sagte mit einem Augenzwinkern in Bens Richtung: „Wer weiß, wofür wir es noch benötigen werden. Denn wie einige von uns wissen, hätten wir ohne seinen Krempel manchmal ziemlich alt ausgesehen. Also dann lasst uns loslegen."

Um die Tiefe des Wasserloches zu bestimmen, hatte Ben einen Stein an eine Schnur befestigt und so ein einfaches Lot hergestellt. Als der Stein den Grund erreichte, merkte Ben eine Strömung. Der Herr Graf meinte: „So wie es aussieht, sind es mindestens fünf Meter, aber aufgrund der Strömung da unten kann man das nicht so genau bestimmen." Ben sagte zu Kendra und dem Herrn Grafen: „Wir brauchen einen schwereren Stein. Mit dem beschweren wir die Unterwasserlampe und leuchten das Wasserloch aus. Bei der Strömung muss es Seitengänge geben." Ben befestigte den schwereren Stein und die Unterwasserlampe vom Herrn Grafen an die Schnur und übergab es Kendra. Dann setzte er Taucherbrille und Schnorchel auf und bat den Herrn Grafen, seine Beine festzuhalten, damit er nicht kopfüber ins Wasser fallen würde. Kendra ließ zeitgleich den Stein mit der angeschalteten Unterwasserlampe ins Wasser. Um so viel, wie nur möglich, in Augenschein nehmen zu können, musste Ben einige gewagte Verrenkungen machen. Um ein Haar wäre er sogar dabei beinahe ins Wasser gefallen, doch gefunden hatte er nichts. Der Herr Graf hatte Ben am Gürtel gepackt und mit einem Ruck wieder hochgezogen. Er meinte: „Lasst uns hier abbrechen und eine andere

Möglichkeit suchen." Kendra meldete enttäuscht an Frau Milda: „Einsatzzentrale für Erkundungstrupp, keinen Durchgang gefunden, kommen zurück."

24 Die Strömung

Frau Burgbauer meinte: „Sigi hat zu mir nochmal ausdrücklich gesagt, dass die Gewässer, Wasserlöcher und Brunnen alle miteinander verbunden sein müssen. Schließlich dienen diese Brunnen auch mit zur Löschwasserversorgung und egal, wie viel Wasser entnommen wurde, sie versiegten nie." Dann nahm sie das Worki-Torki und sprach: „Erkundungstrupp für Frau Burgbauer, ihr müsst euch die Unterwasserströmung genauer ansehen." Kendra bestätigte und Ben setzte die Taucherbrille auf, tauchte die Schnur mit der Unterwasserlampe noch einmal ins Wasser und beugte sich über den sandigen Rand des Wasserloches. Er konnte aber nur auf dem Grund des Loches Wasserbewegung erkennen. Beim Aufstehen rieselten versehentlich kleine Steine in das Wasser. Er wollte gerade die Lampe aus dem Wasserloch ziehen, da sah er, dass in mittlerer Tiefe diese Steine seitlich abtrieben. Er sagte zu den anderen: „Ich glaube, da ist etwas. Ich werde wohl tauchen müssen." Kendra nahm das Worki-Torki und meldete: „Einsatzzentrale für Kendra, Ben wird tauchen, wir benötigen Unterstützung." Frau Milda antwortete: „Senden den zweiten Trupp und geben gleich sämtliche Ausrüstung mit."

Christians Mutter schlug zwei Ankereisen in die Wand. Ben hatte den etwas zu großen Neoprenanzug von Herrn Grafen sich übergezogen und sich neben Frau Burgbauer gesetzt. Diese hatte ebenfalls ihren Anzug übergezogen, um im Notfall gleich Hilfe leisten zu können. Ben bekam noch die Sicherungsleine umgebunden und sprang dann in das eiskalte, klare Wasser. Er bemerkte schon beim Abtauchen, dass ihn eine Strömung erfasste. So wie er feststellte, handelt es sich vermutlich um zwei sich gegenüberliegende Wandöffnungen, welche das Phänomen erzeugten. Ben blickte in die Wandöffnungen und sah, dass es sich bei beiden um Tunnel handelte. Sie waren vermutlich zwei bis drei Meter lang und breit genug, sodass man ohne Gefahr hindurchtauchen konnte. Auch schien es an beiden Tunnelenden Licht zu geben. Der Algenbewuchs ließ schließen, dass es sich vermutlich um Tageslicht handelte. Doch jetzt musste er auftauchen, denn noch länger konnte er die Luft nicht anhalten.

Der Herr Graf fragte neugierig: „Und was hast du gesehen?" Ben sagte etwas außer Atem: „Ich habe zwei Tunnel gefunden. Vermutlich sind diese zwei bis drei Meter lang und außerdem muss es da Tageslichtquellen geben. Ich werde jetzt abtauchen und erst einmal den Rechten untersuchen. Sollte ich es sogar hindurch schaffen, werde ich mich da gleich noch umsehen. Habt ihr den Wasserschlauch mitgebracht?" Christians Mutter antwortete: „Ja, aber was willst du damit?" Ben erklärte: „Wir benutzen ihn als Sprachrohr. Ich habe an beiden Schlauchenden einen Korken angebunden. Damit verschließen wir die Schlauchöffnungen. Sobald ich drüben bin, blase ich kräftig in den Schlauch und dadurch müsste an eurem Ende der Korken aus der Öffnung springen. Haltet dann das Schlauchende ans Ohr, denn ich werde gleich hineinsprechen." Er nahm daraufhin das ihm gereichte Schlauchende und tauchte wieder ab. Nach einer Weile hörte sie am Schlauch ein Geräusch und der Korken sprang wie von Zauberhand aus der Öffnung. Jetzt hielt sie sich die Öffnung ans Ohr und hörte Ben sagen: „Hallo, wenn ihr mich hört, dann sprecht in fünf Sekunden in die Schlauchöffnung." Christians Mutter wartete die fünf Sekunden und antwortete dann: „Ja, wir hören dich, gehen jetzt wieder auf Empfang." Christian hatte bei Bens Ausrüstung noch einen Trichter gefunden und steckte ihn auf das Schlauchende, so konnten jetzt alle zuhören. Ben sprach ganz aufgeregt: „Das hier ist ein riesiger Raum. Er muss von Menschen geschaffen worden sein, denn das sieht aus wie eine Metallbaukonstruktion. Irgendwie scheint etwas Tageslicht von der Decke. Es gehen auch ein paar Gänge ab und in der Mitte sehe ich einen kleinen offenen Bergwerks-Aufzug. Scheinbar ist der Korb heruntergefahren worden. Ich schaue mich mal kurz um und melde mich gleich wieder."

25 Die Sage vom Drachenschatz

Nachdem Ben den Schlauch mit dem Korken wieder verschlossen hatte, schaute er sich die Höhle genauer an. Das Wasserloch war hier wie bei einem Brunnen mit gemauerten Natursteinen umrandet worden. Zum Glück nicht sehr hoch, denn sonst wäre er mit eigener Kraft aus diesem nicht herausgekommen. So wie er weiterhin sehen konnte, war der Zugang neben dem Brunnen verschüttet. Wie er aber um den Aufzug herum ging, bemerkte er, dass es da noch einen weiteren Ausgang gab. Dieser sah aber eher aus wie ein Bergwerk-Stollen. Die Höhle an sich war mit viel Grünpflanzen bewachsen. Außer im Bereich des Aufzuges, hier scheint erst kürzlich jemand den ganzen Bewuchs entfernt zu haben. Auch die Elektrik schien nicht sonderlich defekt. Da es eine Art Kellerinstallation war, befanden sich alle Leitungen, Schalter und Lampen gut sichtbar auf den Wänden und Konstruktionen. Aus den Erfahrungen der letzten Missionen überprüfte er die Elektro-Zuleitungen und stellte fest, dass diese beim zugeschütteten Durchgang am Wasserloch endeten. Bei näherer Betrachtung erkannte er, dass dieser nicht zugeschüttet wurde, sondern die Decke dahinter zusammengefallen sein musste. Vermutlich waren dabei die Elektroleitungen mit zerrissen worden.

Kendra und der Herr Graf schauten auf ihre Uhren, es war jetzt schon eine halbe Stunde vergangen, seit Ben sich gemeldet hatte. Plötzlich tauchte ein mit Algen behangenes Wassermonster auf. Kendra wäre beinahe die Sicherungsleine aus der

Hand gefallen, bis sie bemerkte, dass es Ben war und sagte lauf: „Du Blödmann, wie kannst du mich so erschrecken. Du hättest dich ruhig anmelden können." Ben nahm die Taucherbrille ab und merkte dabei, dass sich etliche Algen daran verfangen hatten und sagte noch etwas außer Atem: „Sorry, aber da war so viel zu sehen, dass ich euch das erst mal berichten muss." Da kam die Anfrage von Frau Milda: „Erkundungstrupp, für Frau Milda, wie weit seid ihr?" Herr Graf antwortete: „Ben ist von seiner Erkundung zurück und möchte Bericht erstatten, kommen." Da meldete Frau Milda: „Okay, dann machen wir jetzt eine Beratungspause. Ihr lasst die Ausrüstung vorerst vor Ort und kommt zu uns zurück. Wir gehen dann in die Schlossbibliothek und besprechen uns zum weiteren Vorgehen."

Frau Gräfin hatte Tee gekocht und Gebäck dazu gestellt, blickte zum Herrn Grafen und fragte: „Albert, hatten wir damals nicht auch nach einem Drachen-Schatz gesucht? Und war da nicht von zwei weiteren Drachen-Höhlen die Rede?" Da mischte sich Frau Burgbauer ein und sagte: „Die Drachen-Sage. Wie geht doch das Gedicht? Ein Drachen mit drei Köpfen saß auf des Schlosses Türmen, um es zu schützen gegen der Feinde Neid und deren Hasses Stürmen. Am Tag zu kämpfen gegen der Dämonen Macht und zu vertreiben der Geister der Nacht. So schützt er des Grafen Schatz, der versteckt am tiefen und dunklen Platz." Der Herr Graf antwortete: „Ja, der Drachen-Schatz. Mein Großvater hatte mir schon von dem Schatz erzählt. Er war wie besessen von ihm und hatte sein ganzes Leben nach ihm gesucht und sogar etwas entdeckt. Das Schloss der von Laufenfels war teilweise auf den Grundmauern einer alten Ritterburg gebaut worden. Ritter Heinrich von Laufenfels hatte sie erbaut, um die Menschen zu schützen, die ständig von Raubrittern überfallen wurden. Der Sage nach hatte er für seine Dienste von einem Kaufmann, der aus dem Gebiet des heutigen Chinas stammte, einen dreiköpfigen Drachen aus purem Gold bekommen. Doch dieser Drachen wurde nie gefunden. Bestimmt dienten die Gänge und Höhlen schon zu dieser Zeit als Fluchtorte und Schutzräume. Sie boten genügend Platz und es gab frisches Wasser. Da konnten sie tagelang ausharren." Da meldete sich Frau Milda, tippte ihre Hand an die Stirn und sagte: „Natürlich, jetzt haben wir ein Motiv. Der History-Club war auf der Suche nach diesem Schatz und hatte sich unter dem Vorwand einer extra Höhlenführung Zugang verschafft." Da fragte Kendra: „Frau Burgbauer, führte denn der Rettungsweg zu einer zweiten Höhle?" Frau Burgbauer antwortete kopfschüttelnd: „Nein, dieser ist erst in der heutigen Zeit hergestellt worden. Ich wusste überhaupt nichts von einer zweiten Höhle." Ben wollte gerade etwas sagen, da musste er auf einmal husten. Hätte Trixy nicht reflexartig ihren Laptop vors Gesicht gehalten, würde ihr Gesicht jetzt mehr Sommersprossen besitzen als Pippi Langstrumpf. Sie fragte lachend Ben: „Können wir dir helfen?" Er antwortete mit tränenden Augen und schwer atmend: „Sorry, ich habe mich verschluckt." Frau Gräfin fragte amüsant: „Waren meine Kekse zu trocken?" Er antwortete: „Nein, sie sind eher hervorragend. Ich hatte plötzlich so eine Idee. Im Gedicht hieß es doch dunkel und tief. In der Mitte der zweiten Höhle war ein Aufzug. Der Korb war nicht oben. Die Stromleitung für den Aufzug kam von unserem Gang. Übrigens muss unser Gang erst kürzlich verschüttet worden sein. Ich habe da so eine Theorie. Könnte sein, dass der History-Club auch in dieser zweiten Höhle war, den Aufzug in Betrieb genommen hatte." Da meldete sich Trixy und sagte aufgeregt: „Ja, und da kam die Explosion, verschüttete den Zugang und zerstörte die Stromversorgung für den Aufzug." Frau Milda sagte nachdenklich: „Sie müssen noch einen anderen Weg gefunden haben."

26 Der Aufzugsschacht

Frau Milda schaute zuversichtlich in die Runde und sagte: „Ich denke, ich weiß jetzt, wie wir vorgehen. Wenn sich das alles bestätigt, müssen wir dies umgehend Kommissar Mausberger melden. Damit es schneller geht und es auch sicherer ist, werden wir uns in drei Trupps aufteilen. Kendra und Christian sowie Ben und Herr Graf, ihr bildet je ein Erkundungstrupp. Kendra, ihr steigt hinunter zur Aufzugsplattform und ihr Herr Graf erkundet den Stollen auf der anderen Seite. Heidrun und Frau von Laufenfels ihr seid der Rettungstrupp." Frau von Laufenfels fragte gleich besorgt: „Wollen wir nicht doch schon lieber die Polizei verständigen? Ist das hier nicht zu riskant?" Christian drehte mit den Augen und sagte genervt: „Mutti, wir hatten das schon beim letzten Mal. Wenn die Polizei nichts findet, geht uns noch ein Tag verloren." Seine Mutter nickte und sagte entschlossen: „Na dann, worauf warten wir noch?"

Ben hatte mit derartigen Erkundungen gerechnet und eine kleine wasserdichte Plastiktonne bereitgestellt. Diese wurde zusammen mit einem Stein als Gewicht in einen großen Netzsack gesteckt. So konnte jeder seine Sachen und Ausrüstung trocken mit rüber in die andere Höhle nehmen. Der Aufzug war mit einem Stahlgitter umzäunt und die Zugangstür verschlossen. Ben hatte alle Mühe mit dem Schloss, denn vermutlich hatte die Explosion alles verzogen. Doch Ben wäre nicht Ben, wenn er so etwas nicht hinbekäme. Als die Tür offen war, ging Kendra vorsichtig an den Rand der Aufzuggrube. Sie spürte Angst aufkommen und sagte zu Christian: „Hast du eine Ahnung, wie tief es hier heruntergeht?" Christian nahm einen Stein und warf es in die finstere Grube. Er zählte laut: „Eins" und dann hörte man schon einen Aufschlag auf etwas Hölzernen. Christian sagte: „Nach Vaters Formel müsste die Grube circa sechs Meter tief sein." Ben bemerkte gleich: „So viel Seil haben wir dabei." Kendra schaute Christian an und fragte ängstlich: „Willst du wirklich darunter?" Christian antwortete: „Uns bleibt wohl nichts anderes übrig." Ihm war zwar etwas mulmig dabei, doch damit würde er schon zurechtkommen. Dachte er und schlug dabei das Kletterseil zum Dülfersitz um seinen Körper. Ben beleuchtete in der Zwischenzeit die Grube mit seinem Akkubaustrahler und so fühlte er sich schon etwas sicherer. Er dachte an seine Mutter und sagte mit einem Augenzwinkern: „Bitte informiert die Einsatzzentrale erst, wenn ich unten bin." Der Herr Graf und die anderen nickten. Ben hatte eine Stirnlampe an Christians Helm montiert und eine Bodycam an dessen Jacke befestigt. Mit dieser Kamera konnte Frau Milda, Frau Gräfin und Trixy die Aktion auf deren Laptop verfolgen. Christian kam trotz klitschiger Oberfläche der steinigen Grubenwand sehr zügig voran und war schneller unten als gedacht. Sein erster Funkspruch lautete: „Christian für Ben, habe die Kamera jetzt eingeschaltet. Wie ihr sehen müsstet, gibt es hier noch einen weiteren Zugang. Die Aufzugblattform ist, wie wir es vermutet hatten, hier unten. Sie dient scheinbar auch gleichzeitig als Zugangs-Plattform, denn unter ihr befindet sich ein Wassergraben. Wie jetzt weiter, kommen?"

Ben kommunizierte über den Rettungstrupp mit Frau Milda. Nach kurzer Beratung wurde von allen beschlossen, dass Kendra und Christian diesen Gang überprüfen sollen. Gleichzeitig wird der Rettungstrupp durch Frau Milda unterstützt. Allerdings wird dieser aufgeteilt. Frau Burgbauer wird mit Frau Milda zum Aufzugsraum tauchen, um dort dann die Plätze von Ben und dem Herrn Grafen einzunehmen. Christians Mutter bleibt noch für alle Fälle auf der Gangseite vor dem Wasserloch.

Kendra begann sich zum Abstieg fertig zu machen, da kam Ben zu ihr und übergab ihr ein Survival-Armband und sagte: „Ich habe auch eins. Es besteht aus einer drei Meter langen Fallschirm-leine, hat einen Kompass und Signalpfeife sowie einen Feuerstein." Kendra sagte spöttisch: „Du mit deinem Kinkerlitzchen. Kein Wunder, wenn dein Taschengeld nie reicht." „Mal sehen, wofür es nützlich ist", antwortete der Herr Graf versöhnlich und wünschte noch allen mit einem Augen-zwinkern ein Glück-Auf. Dieser alte Bergmanns-gruß brachte alle zum Schmunzeln und gab auch ein wenig Mut für die nächste Aufgabe.

27 Der unterirdische Wasserfall

Das vereinzelt von der Decke tropfende Wasser und die noch überall herum liegenden kleineren und größeren Steinbrocken erschwerten beide Teams den Zugang. Zudem gab es da auch noch das eine oder andere mehrfüßige Getier, an welches Kendra auf keinen Fall denken wollte. Die Stirnlampe, welche Ben an allen Helmen befestigt hatte, leistete hier wirklich gute Dienste. Man konnte rechtzeitig Hindernisse erkennen und brachte ungeliebte Bewohner dazu, sich vorsichtshalber wieder zu verstecken. Da war auch so ein Rauschen zu hören, welches Kendra beunruhigte. Sie fragte deswegen Christian: „Hörst du das auch?" Dieser antwortete: „Ja, es hört sich wie ein Wasserfall an." Das Rauschen wurde immer lauter und der Höhlenboden klitschiger. Da endete der Gang und tatsächlich, sie kamen in eine Art Höhle mit Wasserfall, welcher zu einem unterirdischen Fluss gehörte. Vor dem Wasserfall hatte sich ein kleiner See gebildet. Ein schmaler Pfad an der Seite, ermöglichte es, dass sie den Wasserfall und den Verlauf des Flusses genauer betrachten konnten. Kendra sah, dass in deren Mitte ein Stück Felsen hervorstand und sagte enttäuscht: „Hier kommen wir nicht weiter!" Von Christian kam dagegen: „Schau mal, hier liegt ein Boot im Wasser."

Ben und der Herr Graf waren schon einige Schritte im Höhlengang unterwegs, als Ben auf dem schlierigen Boden ausrutschte und der Länge nach hinfiel. Dabei fand er ein zusammengefaltetes Stück Papier. Ben fragte aufgeregt: „Herr Graf, schauen sie mal, das ist doch bestimmt jemandem aus der Tasche gefallen?" Der Herr Graf nahm es in die Hand und stellte fest: „So mit Signalfarbe bemalt, hat den eher bestimmt einer absichtlich hierhergelegt." Er faltete das Papier auseinander und las laut vor: „Sollte nach dem History Club gesucht werden, sei dem Finder gesagt, dass er sich auf dem richtigen Weg befindet. Bitte Rettungskräfte sofort informieren und dann dem Gang folgen. Wir werden irgendwo eingeschlossen sein und uns durch Klopfen bemerkbar machen. Vielen Dank, Gunther Buchwald." Ben griff nach dem Worki-Torki. Dieses war aber durch den Sturz noch voller Schlamm, rutschte ihm deshalb aus der Hand und fiel zu Boden, wo es dann auch noch in seine Bestandteile zerfiel. Beim Aufheben der Einzelteile stützte er sich gegen eine Steinplatte an der Wand. Diese gab etwas nach und sie hörten ein lautes Krachen. Ein schweres, rostiges Stahlplattentor fiel von der Decke und versperrte so den Rückweg. Ben und dem Herrn Grafen blieb vor Schreck der Mund offen und wie sie sich beruhigten, hörten sie auf einmal ein lautes Klopfen.

Kendra fragte Christian: „Und wenn wir das Boot nehmen und den See absuchen?" Christian kniete sich nieder und tauchte seine Hand ins glasklare Wasser, fühlte Kälte, aber auch Bewegung und antwortete nachdenklich: „Ich weiß nicht so recht. Ich fühle eine Strömung." Dann holte er den kleinen LED-Baustrahler aus seinem Rucksack und leuchtete die Wasserfläche aus. Das war vielleicht ein Farbenspiel. Kendra blieb vor lauter Staunen der Mund offen. Christian musste lachen und bekam wieder mal dafür einen Stoß mit dem Ellenbogen. Seine Rippen reibend sagte er: „Allem Anschein nach handelt es sich doch um einen Fluss. Sehr hoch ist die Höhle auch nicht. Mit Sicherungsleine am Boot könnte man den Fluss absuchen. Ich habe nur die Befürchtung, dass noch so ein Wasserfall kommt." Jetzt setzte Kendra ihren Dackel-Blick ein und Christian sagte: „Okay, ich gehe da mal die Sicherungsleine holen." Und ging zurück zum Aufzug.

28 Das alte Labor

Als Ben und der Herr Graf das Klopfen hörten, machten sie sich sofort auf den Weg. Sie mussten nicht lange gehen, bis sie an eine eiserne Tür kamen. Sie hatte einen breiten, mit Nieten versehenen Rahmen und im oberen Bereich ein Bullauge wie bei einer U-Boot-Tür. Darüber war eine Lampe mit Schutzgitter angebracht. Der Herr Graf sprach: „Das hier sieht aus wie eine Sicherheitstür, wie sie bei Laboren eingesetzt werden." Dann stellte er sich vor die Tür und wollte gerade mit seiner Taschenlampe hineinleuchten, da tauchte plötzlich ein Gesicht auf. Ben war vor Schreck zurückgesprungen. Es war Herr Buchwald. Dieser deutete auf rechts unten. Ben wusste nicht so richtig, was er damit meinte und versuchte mit allen Mitteln, das Türschloss zu betätigen. Aber ohne Erfolg, die Schlossräder konnte man drehen, wie man wollte. Es fühlte sich an, als liefen diese im Leerlauf. Doch der Graf kannte sich damit aus und sagte: „Sollte sich die Tür aus Sicherheits-gründen verschlossen haben, geht sie nur mittels Schalter von außen zu öffnen. Ich vermute, er zeigt auf solch einen Schalter." Ben schaute nach rechts unten und ja, da war ein Schalter. Und wie er diesen betätigte, hörten sie ein Klicken und dann wurde von innen auch schon die Tür geöffnet und Bens Großvater nahm ihn sofort in die Arme und sagte: „Gunther hat recht. Auf euch ist Verlass." Der Herr Graf wollte seinen Sohn begrüßen, doch wie er erfahren musste, lag dieser zusammen mit Herrn Krause in dem angrenzenden Raum. Bens Großvater sagte betroffen: „Der Herr Graf und Herr Krause hatten bei der Suche nach einem Ausweg versehentlich eine Törtchen-Mine ausgelöst. Es war aber eine von der Sorte, die giftiges Gas ausströmten. Die Sicherheitstür hat sich sofort verschlossen. Sie hatten keine Chance." Herr Buchwald ergänzte noch: „Ohne sie hätte es uns eventuell auch erwischt." Der Herr Graf nickte und blickte betroffen, dann sprach er bedauerlich: „Leider sind wir auch in eine Falle getappt und obendrein ist auch noch unser Sprechfunkgerät kaputtgegangen. Wir sind also auch keine große Hilfe." Ben fragte: „Gibt es noch weitere Ausgänge, Lüftungsöffnungen, Brunnen oder Versorgungsschächte?" Herr Buchwald antwortete bedauerlich: „Ich glaube nicht, doch so genau haben wir uns das auch bisher nicht angesehen." Ben schaute sich um und sah, dass Fußboden und Wände aus Beton waren. Der Herr Graf hatte recht. Vermutlich diente die Höhle als Labor, denn da standen noch steinerne Tische mit Marmortischplatten. Insgesamt war alles sehr trocken, im Gegensatz zu den Gängen. Ben sah auch einige Wasserbehälter stehen. Er zeigte auf diese und fragte: „Sind diese leer?" Da antwortete sein

Großvater, als hätte er gerade den Stein der Weisen gesehen: „Na klar, da ist ein Brunnen in der Ecke der Höhle, aus dem wir Trinkwasser entnommen haben." Ben bemerkte gleich, dass dieser genauso aussah wie der vom Aufzugsraum. Nur war dieser noch mit einem großen Blechdeckel abgedeckt. Er blickte zum Herrn Grafen und der nickte. Dann sagte er optimistisch: „Wir mussten hierher auch durch ein Wasserloch und haben festgestellt, dass hier alle Wasserstellen miteinander verbunden sind." Jetzt meldete sich der Herr Graf und sagte aufgeregt: „Warum benutzen wir diese Möglichkeit nicht zur Nachrichtenübertragung?" Da ergänzte Herr Buchwald: „Klar, im Wasser überträgt sich der Schall um das Vierfache." Ben setzte den Blechdeckel wieder auf den Brunnen, nahm einen Stein und schlug ein SOS. Dann nahm er den Deckel vom Brunnen und horchte hinein. Doch außer einem entfernten Rauschen war nichts zu hören.

29 Die Bootsfahrt

Frau Milda schaute auf ihre Uhr und stellte fest, dass es schon auf achtzehn Uhr zuging und fragte Frau Burgbauer: „Was meinst du, Heidrun, wann sollten wir abbrechen?" Diese antwortete: „Momentan haben sich nur Kendra und Christian gemeldet. Von den anderen beiden gibt es keinen Laut. Ich werde gleich mal nachfragen." Frau Milda nahm das Worki-Torki und meldete: „Frau Milda für Ben, wo seid ihr, benötigen Statusbericht!" Es kam keine Antwort. Da sagte Frau Burgbauer besorgt: „Hier ist etwas faul. Ich habe da so ein schlechtes Gefühl. Kommst du hier allein zurecht? Denn ich würde mir da mal die Sache selbst ansehen." Frau Milda antwortete hinweisend: „Okay, aber riskiere nichts und gib sofort Bescheid!" Bevor Frau Burgbauer den Gang betrat, gab sie ein Okay-Signal mit der Taschenlampe und machte sich auf den Weg.

Als Christian mit der Rettungsleine ankam. Schaute Kendra ihn mit aufgerissenen Augen an und hielt den Zeigefinger vor ihren Mund und sagte flüsternd: „Hörst du auch das Klopfen?" Er lauschte, hörte aber nichts und wollte gerade antworten. Da war es plötzlich wieder, das

Klopfen. Christian sagte aufgeregt zu Kendra: „Das klingt wie ein SOS. Das kommt vom Fluss da. Am besten, du fährst mit dem Boot und ich halte die Sicherungsleine." Kendra war etwas mulmig zumute, aber auch für sie war es die beste Lösung. Nachdem sie sich ins Boot gesetzt hatte, band er die Rettungsleine fest und stieß es in die Strömung. Zum Glück war diese nicht sehr stark, so konnte er die Leine gut kontrollieren. Er hoffte nur, dass die hundert Meter Leine reichen würden. Ben hatte sie aus dünnem, aber sehr rissfester Fallschirmschnur hergestellt. Als er so darüber nachdachte, berührte ihn jemand von hinten an der Schulter. Er hätte vor Schreck fast die Leine fallen lassen und wollte schon lautstark eine Schimpfkanonade abfeuern, da erkannte er, dass es Frau Burgbauer war. Sie fragte aufgeregt: „Habt ihr etwas von Ben und dem Herrn Grafen gehört? Ich war gerade oben im Gang, welchen die beiden untersuchen wollten. Doch dieser ist etwas weiter drinnen durch eine Metallplatte verschlossen. Frau Milda und ich vermuten, dass es eine alte Falle oder Sicherheitsvorkehrung ist. Bestimmt haben die beiden diese versehentlich ausgelöst, denn die Abschürfungen an der Platte sind noch sehr frisch. Ich vermute, die beiden sind eingeschlossen." Christian antwortete: „Hören sie, wir haben hier ein SOS-Klopfen. Das könnte Ben sein. Kendra sitzt jedenfalls im Boot und fährt die Strecke ab." Frau Burgbauer schaute auf ihre Uhr und sagte: „Okay, auch wenn Kendra nichts finden sollte, werden wir die Feuerwehr alarmieren und Kommissar Mausberger Bescheid geben."

Das glasklare Wasser des unterirdischen Flusses und die Stalaktiten an der Höhlendecke ließen alles märchenhaft, aber auch bedrohlich aussehen. Kendra versuchte mit allen Mitteln, ihre Angst im Zaum zu halten. Dazu kam noch das Klopfen, welches immer lauter wurde. Sie hoffte inständig, dass es der History Club war, der damit um Hilfe ruft. Jetzt war das Klopfen plötzlich direkt über ihr. Sie schaute nach oben und sah eine runde Öffnung in der Decke. Sie zog zweimal ruckartig an der Rettungsleine.

Wie Ben den Deckel vom Brunnen nahm, wahr da auf einmal ein Lichtschein. Er rief gleich erfreut: „Hallo, wer ist da? Wir sind hier oben eingeschlossen und benötigen dringend Hilfe." Da antwortete Kendra erleichtert: „Ich bin es, Kendra. Bin ich vielleicht froh, dass wir euch gefunden haben."

30 Die Rettung

Der Herr Graf sagte zu Ben: „Wenn ich bemerken darf. Am besten wäre es, wenn du mit zu ihr ins Boot steigen würdest, denn du bist am sportlichsten. Außerdem weißt du über die Lage hier Bescheid und kannst die Rettungskräfte besser informieren." Ben rief zu Kendra: „Pass auf da unten! Ich werfe jetzt einen Stein, um die Tiefe zu bestimmen." Dann ließ er einen Stein nach unten fallen und zählte die Sekunden bis zum Aufprall. Der Herr Graf sagte gleich: „Nach meinen groben Berechnungen müssten es maximal sieben Meter sein." Ben schaute auf sein Armband, doch da waren nur drei Meter Schnur drauf. Er rief zu Kendra runter: „Kannst du das Armband, das ich dir gegeben habe, zu uns hochwerfen?" Sie überlegte und sah den Stein liegen, den Ben zur Bestimmung der Tiefe genutzt hatte, und da kam ihr eine Idee. Sie wickelte etwas Schnur vom Armband. Befestigte daran den Stein und hatte so eine Schleuder.

Christian bemerkte das Rucken an der Leine und stoppte das Nachlassen. Er sagte zu Frau Burgbauer: „Kendra muss etwas gefunden haben. Wollen wir mit der Meldung noch warten?" Sie schaute kurz auf ihre Armbanduhr und antwortete aufgeregt: „Ich denke ja, auf die paar Minuten kommt es jetzt auch nicht mehr an." Nach einer Viertelstunde hörten sie ein Donnern, als ob etwas auf das Blechboot gefallen wäre, und bemerkten ein Rucken an der Leine. Christian begann sofort mit aller Kraft an der Leine zu ziehen. Er war froh, als Frau Burgbauer zu Hilfe kam. Allein hätte er es wohl kaum geschafft. Da sahen sie ein Licht und schließlich tauchte aus dem Dunkeln Kendra auf. Christian rief von Weitem schon aufgeregt: „Und, hast du was gefunden." Sie rief freudig und ironisch: „Ja, den Zirkusclown hier", dabei zeigte sie hinter sich auf Ben, sie sagte dann aber besorgt weiter: „Die anderen alle auch. Wir müssen sofort die Feuerwehr und Polizei alarmieren, dein Vater ist zusammen mit Herrn Krause in Lebensgefahr." Dann erzählte Ben von dem Raum, in dem Christians Vater und Herr Krause eingeschlossen waren, und dem Zustand der anderen. Frau Burgbauer lief so schnell es ging zum Aufzug und gab Frau Milda Bescheid. Diese informierte sofort Christians Mutter, welche es gleich an Frau Gräfin und Trixy weiterleitete. Diese alarmierten wiederum die Rettungskräfte.

Kommissar Mausberger schüttelte mit dem Kopf und sagte etwas streng zu Frau Milda: „Wann wollten sie mir eigentlich Bescheid geben? Die Sache hier hätte ordentlich in die Hose gehen können!" Sie argumentierte schuldbewusst: „Wir hatten die Geschichte mit dem Schatz eher für ein Märchen gehalten. Sie haben aber recht. Nachdem, was wir alles mit dem History Club in der Vergangenheit erlebt haben, hätten wir damit rechnen müssen." Kommissar Mausberger nickte und schaute in Richtung der Rettungskräfte. Jetzt brachten sie Christians Vater und Herr Krause auf einer Trage. Der Kommissar fragte Frau Doktor Janzen, die hier als Notarzt mit vor Ort war, wie's den beiden geht. Diese antwortete besorgt: „Sie hatten großes Glück, denn scheinbar funktionierte die Notentlüftung der Anlage noch. Dadurch haben sie nicht die volle Dosis abbekommen und so befinden sie sich nur in einer Art Koma. Das klingt zwar zunächst positiv, hat aber auch immer etwas Negatives. Wir werden bestimmt wieder ein passendes Gegenmittel finden müssen. Aber, wie sagte schon mein alter Chefarzt; die Hoffnung stirbt zuletzt." Da kam es von hinten: „Oder es ist erst vorbei, wenn es vorbei ist!" Sie drehte sich um und sagte überrascht und mit Mitgefühl: „Ach du Christian. Das ist übrigens eine gute Einstellung.

Wir werden jedenfalls alles geben, um deinen Vater zu retten." Jetzt schaute Frau Milda zu Christian und zu seiner Mutter und sagte aufmunternd und mit einem Augenzwinkern: „Wir aber auch!" Er und seine Mutter nickten zustimmend. Kommissar Mausberger ergänzte im strengen Ton und blickte dabei besonders zu Frau Milda: „Doch dieses Mal werde ich aber auf dem Laufenden gehalten!" Ben konnte es nicht lassen und salutierte wie ein Soldat und sagte: „Zu Befehl, Herr Kommissar. Sie erhalten jederzeit einen Lagebericht." Da reagierte der Herr Kommissar schmunzelnd und mit einem Augenzwinkern: „Stehen sie bequem, Soldat. Ganz so streng meine ich das nun auch wieder nicht. Frau Milda weiß schon Bescheid, wie wir das handhaben."

31 Die neue Wette

Kendra wachte erschrocken auf und schaute sich ungläubig um. Doch da war nichts Beunruhigendes. Ihr alter Wecker mit den zwei Glöckchen stand da auf dem Nachttisch und tickte nur vor sich hin. Wie sie an den Zeigern ablesen konnte, würde dieser erst in einer halben Stunde klingeln. Nachdem, was sie gestern so erlebt hatte, müsste sie eigentlich hundemüde sein. Zum Glück hatten die Rettungskräfte den zugeschütteten Gang freilegen und den Aufzug wieder gangbar machen können. Kommissar Mausberger hatte recht, wir hätten schon eher mit ihm darüber sprechen sollen, dachte sie, da hörte sie ein eigenartiges Geräusch im Garten. Sie setzte sich auf, ergriff das Seil vor ihrem Hochbett und schwang sich zum Fenster. Nachdem sie dieses geöffnet hatte, schaute sie gleich in Richtung Garten. Und sie hatte richtig vermutet. Da sah sie Ben, wie dieser anstelle des Sitzbrettes eine Querstange an die Schaukelseile befestigte. „Was hat er nur damit vor?", fragte sie sich. Da fiel ihr ein, dass er neulich mit Luca telefoniert hatte. Sie werden doch nicht schon wieder eine Wette am Laufen haben, dachte sie noch, und da hörte sie ein Klingeln an der Haustür und wie Mutter sagte: „Guten Morgen Christian, holst du Kendra neuerdings schon von zu Hause ab?" Christian antwortete: „Nein, wir haben nur eine Änderung im Stundenplan für kommende Woche. Frau Direktorin Löwenberger und mein Opa Graf von Laufenfels haben alle Klassen unserer Schule als Zuschauer zum Ritterturnier eingeladen. Er würde sozusagen, die Kosten für den Eintritt der Schule spenden." Kendra stand in der Tür zur Küche und hatte zugehört. Sie klatschte freudig in die Hände und fragte: „Das ist doch prima?" Christian antwortete betroffen: „Für euch vielleicht. Aber jetzt muss ich mich vor der ganzen Schule blamieren." Kendra fasste ihn an der Schulter und sagte aufmuntern, mit einem Augenzwinkern: „So wie ich dich kenne, wirst du eher den Laden rocken, oder Rocky?" Doch Christian antwortete bedenklich: „Das glaube ich eher nicht. Bei den paar Übungsstunden, die ich bis jetzt hatte und dann noch das mit meinem Vater." Sie wollte ihm gerade sagen, dass er auch schon jetzt ihr Held ist, doch da rief ihre Mutter eilig: „Ich möchte euch beiden Turteltauben nicht stören, aber ihr müsst jetzt los, sonst kommt ihr zu spät zum Unterricht. Ach, übrigens, Christian, wie geht's deinem Vater?" Er machte ein sorgenvolles Gesicht und sagte: „Sie versuchen ihn mit allen Mitteln aus dem Koma zu wecken. Leider klappt es nicht so, wie erwartet. Frau Doktorin Jansen vermutet, dass wir wieder ein spezielles Gegenmittel benötigen werden." Jetzt hörten sie ein lautes Scheppern im Garten. Als sie zum Fenster in den Hof schauten, erblickten sie eine Gestalt mit Blecheimer auf dem Kopf und Wäschestange in der Hand. Mutter rief lachend:

„Na Ritter Runkel, alles okay?" Ben bekam den Blecheimer nur mit viel Gewackel herunter und sagte empört: „Ich möchte bloß wissen, wer die Wäschestange mit dem Blecheimer an den Baum gestellt hat." Seine Mutter beantwortete die Frage gleich ironisch: „Na, du selbst. Hast du nicht den Federball damit aus dem Kirschbaum-Geäst geangelt." Kendra fragte Ben neugierig: „Was willst du eigentlich mit der Schaukelei erreichen?" Er schaute verlegen und meinte nur: „Na ja, Luca und seine Gruppe tritt doch am Samstagabend zu den Ritterspielen auf. Der Angeber meinte doch, dass die Akrobatik am Trapez, für mich eine Nummer zu groß wäre und ich diese definitiv nicht hin- bekommen würde. Aber da hat er sich mit dem Falschen angelegt." Kendra hakte schmunzelnd nach „Und um was habt ihr diesmal gewettet?" Ben sagte stolz: „Sollte ich verlieren, muss ich den Rest des Abends den Pausenclown machen. Aber wenn ich gewinne, gibt er uns allen nicht nur eine Runde Eis aus, sondern wir bekommen Freikarten für den Zirkus, der dem nächst hier seine Zelte aufschlagen wird. Denn da treten sie auch auf." Jetzt rief Kendras Mutter hektisch dazwischen: „Habt ihr mal auf die Uhr gesehen? Ihr müsst jetzt los, sonst kommt ihr wirklich zu spät zum Unterricht."

32 Der Drachen auf dem Wasser

Kendra und Christian wollten gerade die Tür zum Klassenzimmer öffnen, da kam es von hinten: „Hallo ihr beiden, kommt doch mal schnell zu uns!" Als sie sich umdrehten, sahen sie Frau Milda zusammen mit Trixy und Frau Burgbauer an der gegenüberliegenden Seite des Ganges am hohen Rundbogenfenster stehen. Frau Milda schaute zu Frau Burgbauer und sagte: „Heidrun hat für uns eine Neuigkeit, über die wir jetzt schon mal reden müssen." Frau Burgbauer lachte verlegen, sagte aber dann euphorisch: „Heute Nacht konnte ich nicht so schnell einschlafen und musste über den Drachenschatz nachdenken. Und da fiel mir doch ein, dass ich den dreiköpfigen Drachen schon mal gesehen habe. Deshalb war ich heute frühzeitig in der Kellerkapelle. Denn vor einiger Zeit hatte ich links neben dem Altarbild eine Messingplatte mit einem dreiköpfigen Drachen gefunden. Da sich aber in unmittelbarer Nähe noch eine zweite Platte mit dem Bildnis des Erzengels Michael als Drachentöter befand, ordnete ich das Ganze der christlichen Mythologie zu und habe sie nicht weiter beachtet. Die Sache ließ mir jedenfalls keine Ruhe und so bin ich heute früh in die Kapelle gegangen und habe mir diese Platten nochmal genauer betrachtet. Da war nichts Besonders zu sehen, aber dafür hörte ich ein Geräusch, als würde hinter der Wand Wasser fließen. Ich konnte aber auf die Schnelle keinen Öffnungsmechanismus finden. Wir sollten uns das heute unbedingt nochmal gemeinsam ansehen." Da sagte Frau Milda entschlossen: „Okay, dann treffen wir uns heute gleich nach der letzten Stunde im Keller." Alle nickten und da klingelte es auch schon zum Unterricht.

Trixy beobachtete interessiert, wie Christian am Tableau des gläsernen Aufzugs eine Klappe aufschloss. Hinter dieser kam ein weiterer Druckknopf zum Vorschein. Christian meinte: „Das hier ist der Schalter für das Kellergeschoss." Den Schlüssel hatte er wie immer von Hausmeister Herrn Kernbach bekommen. Dieser wusste bereits vom neuen Abenteuer und hatte ihm bei der Schlüsselübergabe mit einem Augenzwinkern angeboten: „Du weißt ja Bescheid, wenn ihr Hilfe braucht, ein Anruf genügt." Christian kam der Spruch irgendwie bekannt vor. Doch jetzt kam der Aufzug zum Stehen. Er staunte, als da bereits Ben mit Stirnlampe und Kletter-Rucksack vor der Tür zur Kellerkapelle stand. Dieser sagte: „Die Info habe ich von Frau Milda und da die letzte Stunde ausgefallen war, bin ich gleich nochmal nach Hause und habe meine Ausrüstung geholt." Frau Milda, Frau Burgbauer und Kendra waren dabei, den Bereich um die Messingplatten zu untersuchen, doch nichts deutete darauf hin, dass hier eine Tür sein müsste. Frau Milda hatte so gut es ging eine maßstabsgerechte Karte mit den bekannten Gängen und Höhlen gezeichnet. Sie versuchte mit ihrem Kompass die Lage zu bestimmen, kam hier aber auch zu keinem logischen Ergebnis. Während die anderen den Raum weiter absuchten, betrachtete Kendra die beiden Messingplatten. Da holte sie auf einmal ihr Fläschchen Handdesinfektionsmittel aus ihrer Hosentasche, sprühte es auf die Platte und rieb mit einem Taschentuch darauf herum. Dann rief sie alle zusammen, zeigte auf die Messingplatten und fragte: „Hier beim Engel Michael, das ist doch ein Brunnen und der Drache da, der schwimmt doch auf dem Wasser, oder?" Frau Burgbauer holte ihre Lupe heraus und betrachtete beide Platten genauer und sagte verwundert: „Das stimmt, aber hier unten gibt es kein Wasser und Brunnen, obwohl?" Da stockte sie und sagte etwas aufgeregt: „Von einem Brunnen habe ich gelesen, und zwar in der Sage vom Ritter Heinrich von Laufenfels. Dort diente er allerdings als Fluchtweg." Kendra fragte: „Wenn hier ein geheimer Gang oder Raum sein sollte und wir sogar Geräusche hören, dann müsste es doch auch einen feinen Luftzug geben? Um diesen festzustellen, benötigen wir allerdings ein Feuerzeug." Da hielt Frau Milda eins hoch und sagte mit einem Augenzwinkern: „Dann nehmen wir das doch gleich." „Und das hier können wir auch benutzen", kam es von Frau Burgbauer, die auch eins aus ihrer Tasche zauberte. Nachdem sie alle Fugen an den Wänden geprüft und einen feinen Luftzug festgestellt hatten, fragte Frau Milda: „Okay, es scheint da ein Raum zu geben. Doch wo ist der Zugang? Was haben wir übersehen?" Ben sah, dass da ein kleines Becken unter den Platten war. Er fragte, wofür es verwendet wurde. Frau Burgbauer antwortete: „Da gibt man Weihwasser hinein, benetzt dann mit dem Wasser seine Hände und bekreuzigt sich, bevor man zu beten anfängt. Es ist so eine Art geistliche Wäsche." Ben wollte den Vorgang nachahmen, verlor dabei das Gleichgewicht und stieß gegen das Becken. Dieses gab nach und verschwand in der Wand. Kendra sagte zu Ben vorwurfsvoll: „Was hast du nun schon wieder angestellt?" Doch Frau Milda legte ihren Zeigefinger auf die Lippen und fragte: „Hört ihr das auch?"

33 Der Brunnenraum

Kendra sagte: „Ja, da ist ein Rauschen." Frau Milda zückte ihr Feuerzeug und siehe, da war ein Luftzug. Christian stieß etwas härter gegen die Wand. Da begann diese sich plötzlich zu bewegen. Ben kam gleich dazu und beide nahmen Anlauf, um die Wand mit einem gemeinsamen Stoß zu öffnen. Frau Burgbauer wollte die beiden noch warnen. Doch diese waren nicht mehr zu stoppen. Mit voller Kraft rammten sie gegen die Wand. Diese gab nach und öffnete sich. Da es sich aber um eine Drehtür handelte, verschloss diese sich auch gleich wieder. Ben und Christian in ihrem Schwung marschierten hindurch und machten im dahinter liegenden Raum eine Bauchlandung. Hier war es stockdunkel. Obwohl sie gestürzt waren, funktionierte Ben seine Stirnlampe noch, damit konnten sie sich umschauen. Der Raum war kuppelartig ins Gestein gehauen und etwas größer als die Kellerkapelle. In der Mitte des Raumes befand sich eine hölzerne Plattform. Auf dieser stand eine Holzkonstruktion mit einer Winde, wie es Christian von Ritterburgen kannte. Dort wurden damit die Fallbrücken hoch- und runtergelassen. Als sie genauer hinsahen, erkannten sie auch warum. Die Konstruktion stand in einer ziemlich großen Brunnenöffnung.

Frau Milda war kurz, wie versteinert, doch dann fragte sie: „Bekommen wir die Tür wieder auf?" Kendra und Frau Burgbauer drückten und schoben mit aller Kraft, doch nichts bewegte sich. Das Weihwasserbecken war auch nicht mehr da, doch irgendwie hörten sie dadurch jetzt Geräusche. Kendra rief in die Öffnung, in welchem das Becken steckte: „Hallo Ben, hallo Christian, könnt ihr uns hören?" Frau Milda signalisierte allen, dass sie still sein sollten. Da war aber nur Rauschen. Doch auf einmal hörten sie laut und deutlich: „Wir hören euch ausgezeichnet." Trixy fragte: „Könnt ihr das Weihwasserbecken von eurer Seite wieder in die Wand schieben?" Ben probierte und es ging. Doch die Tür ließ sich von deren Seite nicht öffnen. Trixy sagte zu Kendra: „Dann versuchen wir es nochmal von dieser Seite hier." Frau Burgbauer schob das Becken wieder rein und siehe da, mit vereinten Kräften ließ sich die Tür wieder öffnen. Mit den Worten: „Sicher ist sicher", klemmte Frau Milda auch gleich ein Holzkeil unter den Türflügel, damit dieser sich nicht versehentlich wieder schließt. Frau Burgbauer stand vor der Holzkonstruktion in der Mitte des Raumes und sagte nachdenklich:

„Das ist ein alter Aufzug!" „Ob der noch funktioniert?", fragte Kendra skeptisch. Und wie sie es sagte, war Ben schon dabei, an den Griffstangen der Aufzugsräder zu rütteln. Frau Burgbauer rief: „Vorsicht, die Arretierung könnte sich lösen und dann fällt die Plattform nach unten. Wir müssen uns erstmal die Konstruktion näher anschauen." Ben meinte gleich: „Ich hatte sie mir vorhin schon mal genauer angesehen. Sie hat eine Zahnradsicherung." Frau Milda sagte nach kurzer Überlegung entschlossen: „So groß ist der Aufzug nun auch wieder nicht. So wie ich sehe, haben höchstens zwei Personen Platz. Wir lassen ihn probeweise erst einmal nur mit einer Person fahren. Damit lässt diese sich leichter bedienen." Ben versuchte es als Erster. Doch je sehr er auch rüttelten, es bewegte sich nichts. Trixy fragte: „Bestimmt gibt es noch einen Sicherungsbolzen." Ben schaute nach und tatsächlich, da war einer nur leider fest gerostet. Er meinte gleich: „Das bekommen wir heute nicht mehr hin." Frau Milda blickte auf ihre Uhr und fragte: „Okay, heute kommen wir hier nicht weiter. Wer ist morgen mit dabei?" Es meldeten sich alle und Christian ergänzte: „Ich könnte Herrn Kernbach noch Bescheid geben, der hat Ahnung von solchen Sachen." Frau Milda überlegte kurz und sagte:

„Keine schlechte Idee. Wir treffen uns dann morgen gleich um neun Uhr vor der Schule. Ich kläre das mit der Frau Direktorin Löwenberger."

34 Pferdesatteln für Anfänger

Christian blickte auf seine Uhr und dachte so bei sich; eigentlich ist es gut, dass wir hier nicht weiterkommen. So schaffe ich es noch rechtzeitig zum Reittraining mit Maja. Sie hatte ihm neulich das Du angeboten und meinte dabei, das sei besser für das Training. Sie wollten sich heute Abend am Reitstall auf Schloss Laufenfels treffen. Christian war es trotzdem noch etwas mulmig zumute, denn schließlich war es schon eine Weile her, als er das letzte Mal auf einem Pferd saß. Vater hatte ihm zwar viel beigebracht, doch irgendwie war alles bei ihm in Vergessenheit geraten. Wie sollte er dies Maja erklären?

Der Herr Graf saß in der Schlossbücherei und neben ihm türmten sich verschiedene Bücher. Die Sache mit seinem Sohn und dem Drachenschatz ging ihm einfach nicht aus dem Kopf. Er hatte doch irgendwo schon einmal etwas über den Schatz gelesen. Doch wo? Es fiel ihm einfach nicht ein. Da rief seine Frau: „Albert, Maja ist da, kannst du mal kommen." Er schaute auf die alte, laut tickende Standuhr. Oh Gott, es war schon gleich neunzehn Uhr und sie wollten doch mit Christian Reiten üben. Er musste an Christian denken. Als kleiner Junge war dieser ein sehr talentierter Reiter; wenn er nicht plötzlich aufgehört hätte, dann wäre er heute bestimmt mit einer der Besten.

Der Herr Graf stand im kleinen Pferdestall und putzte bei der weißen Stute Celestina die Sattellage sowie alle Stellen, welche Sattelteile berührten. Daneben schaute der schwarze Hengst Diego aus seiner Box. Der Graf streichelte ihm kurz am Kopf und sagte zu ihm: „Gleich kommt dein Freund. Ich weiß, ihr habt euch lange nicht gesehen, aber für dieses Mal kann ich euch noch nicht zusammenbringen. Du bist zu temperamentvoll. Für den Anfang ist es wohl besser, er reitet auf Celestina." Dann sah er schon Maja mit Christian kommen. Der Herr Graf begrüßte sie mit: „Hallo ihr beiden, ich habe Celestina schon mal vorbereitet. Christian, willst du sie gleich satteln und trensen?" Maja schaute zu Christian und sagte aufmunternd: „Versuch es einfach mal selbst. Ich helfe dir, wenn du nicht weiterkommst." Christian nickte und ging zu Celestina streichelte sie am Kopf und lief dann wie selbstverständlich zum kleinen Raum am Stall, wo die Pferdeausrüstung hing. Dort griff er sich Gamaschen, Sattel mit Schabracke sowie die Trense. Zuerst legte er die Gamaschen an, dann griff er zur Satteldecke, auch Schabracke genannt, und schließlich hob er den Sattel vorsichtig von links auf den Pferderücken. Bei allem achtete er auf die Fellrichtung. Er zog dabei die Gamaschen nach unten zu den Fesseln und den Sattel etwas nach hinten in die Sattellage. Den Sattelgurt befestigte er von rechts unter dem Pferdebauch hindurch nach links. Er machte ihn nicht zu fest. Dieses prüfte er, indem er seine flache Hand zwischen Gurt und Bauch schob. Auch schaute er, ob der Sattel richtig saß. Hier legte er seine Hand in den Bereich zwischen Gurt und Ellenbogen des Pferdes. Es passte alles, also konnte er damit beginnen, die Trense anzulegen. Er setzte seinen Helm auf, nahm die Trense in die linke Hand und ging von links ganz nah an den Kopf von Celestina. Dann umfasste er mit der rechten Hand den Nasenrücken, gleichzeitig übergab er die Trense von der linken in die rechte Hand. Er hielt jetzt den Kopf von Celestina und die Backenriemen mit der Trense zusammen in einer Hand. Mit der anderen schob er das Gebiss gekonnt von unten in ihr Maul. Anschließend zog er vorsichtig den Genickriemen über die Ohren und verschloss Kehl-, Nasen und Kinnriemen. Mit der Faust prüfte er kurz den Sitz des Kinnriemens und mit zwei Fingern den des Nasenriemens. Der Herr Graf nickte und sagte anerkennend: „Du hast es nicht verlernt."

35 Das Tjostieren

Um Celestina zu schonen, hatte der Herr Graf eine Aufstiegshilfe bereitgestellt und so wie es aussah, schien Christian das Aufsteigen noch gut zu beherrschen. Da nickte Maja und sagte zufrieden: „Okay, das klappt, dann reiten wir mal los." Trab und Galopp beherrschte Christian scheinbar relativ gut. Jetzt gingen sie hinaus auf die Turnierbahn. Maja fragte Christian: „Weißt du noch, wie ihr die Kinderlanze gehalten habt?" Christian erinnerte sich, die Stangen waren aus einem ähnlichen Material wie Schwimmnudeln. Diese hier ist aber aus Holz und lag nicht so leicht in der Hand. Maja sprach: „Am besten, du versuchst erst einmal damit, locker eine Bahn hin und her zu reiten." Christian schaute auf die Turnierbahnen.

Die beiden Bahnen waren mittels einer durchgängigen Holz-Barriere getrennt. Damit wurde verhindert, dass beide Reiter nicht frontal zusammenstießen. Jeweils am Ende des ersten und des zweiten Drittels der Bahn stand ein Drehgestell mit Stoßscheibe und Strohsack. Traf man mit der Lanze die Stoßscheibe, drehte sich das Gestell. Auf der gegnerischen Bahn hing dann an einem Holzarm ein locker gestopfter Strohsack. Der Gegner durfte diesen nicht berühren und war so gezwungen, diesen auszuweichen. Schaffte er es, ohne vom Pferd zu fallen oder den Sack zu berühren, bekam der andere anstelle von zwei, nur einen Punkt für seinen Stoß. Bei einem Unentschieden wurde der Vorgang wiederholt. Christian kannte die Vorrichtung und die Regeln. Diese Art des Lanzenstoßens, auch Tjostieren genannt, hatte der Herr Graf anstelle des Lanzen-Vollkontakts entwickelt. Ursprünglich wurden derartige Gestelle für Trainingszwecke genutzt. Damit der Stoßende das Ausweichen übte, waren Stoßschild und Strohsack in einer Linie angeordnet, denn schließlich drehte sich das Ganze um einhundertachtzig Grad. Jetzt sind die beiden rechtwinklig angeordnet und es dreht sich nur um neunzig Grad. Die Schutzausrüstung ist die gleiche, wie sie beim Downhillfahren benutzt wird. Dazu trägt der Reiter einen Harnisch, Ritterhelm und Schutzhandschuhe. Na gut, sagte sich Christian. Da ihm seine Reitsachen nicht mehr passten, hatte er vorerst seinen Trainingsanzug angezogen und sich von Ben den Skateboardhelm geborgt. Maja gab ihm eine leichte Turnierlanze mit Griffstück, Handschutzplatte und sagte: „Der Herr Graf und ich stellen uns jetzt auf die andere Seite der Barriere und halten dir diese Ringe hier hoch." Dabei zeigte sie auf Plastikringe mit fünfzehn bis zwanzig Zentimetern Durchmesser. Christian klemmte die Lanze wie selbstverständlich unter die Armbeuge und ritt im leichten Galopp los. Maja staunte, wie sicher er die Lanze hielt und ließ ihn deshalb nur einmal die Bahn hin und zurückreiten. Dann gab sie ihm die Anweisung, die Ringe, welche sie und der Herr Graf am gestreckten Arm in die Bahn hielten, mit der Lanze aufzufädeln. Dies klappte auch unerwartet sicher. Der Herr Graf bestückte nun ein Drehgestell mit Stoßplatte und Strohsack. Beim ersten Auftreffen der Lanze auf die Stoßplatte hätte es Christian fast aus dem Sattel gehoben. Daraufhin gab ihm Maja einen Rat: „Du musst vor dem Auftreffen die Geschwindigkeit bis fast auf Trab reduzieren. Natürlich so spät es geht." Christian nickte und beim dritten Anlauf gelang ihm das perfekt. Damit war das Training beendet und Christian brachte Celestina zum Putzplatz. Er war gerade dabei, Celestina trocken zu reiben, da kam Herr Graf in den Stall und sagte: „Das reicht für heute. Ich hatte sie heute schon mal feucht gereinigt. Übrigens wird es dieses Mal nur zwei Disziplinen geben. Das Tjostieren und das Langbogen-Schießen." Christian wusste schon, dass zu den Ritterspielen noch andere Disziplinen gehören. Dieses Mal wird es also das Langbogen-Schießen sein. Da dieser Wettkampf aber noch vor dem Tjostieren stattfand, bestimmte dessen Ergebnis, wer da gegen wen zuerst antreten würde. Dieses bereitete ihm etwas Sorgen. Der Herr Graf erkannte es und sagte beruhigend: „Das ist doch nicht wirklich Neues für dich. Du hast es doch schon gemacht und außerdem wird das Bogenschießen dieses Mal deine Partnerin über-nehmen." Christian fragte spaßig: „Etwa so wie bei der Mixstaffel beim Biathlon?" Der Herr Graf antwortete: „Ja, nur bestreitet hier jeder lediglich eine Disziplin." Dann fragte er noch ernsthaft: „Warum machst du dir darüber überhaupt Gedanken? Soweit ich mich erinnern kann, warst du mal einer der Besten." Da antwortet Christian bedenklich: „Das war bei den Kindern und das ist nun schon wirklich ein paar Jahre her."

36 Die Spur des Drachen

Christian klingelte an der Wohnungstür von Herrn Kernbach. Da öffnete Frau Kernbach die Tür und fragte: „Ach du Christian, brauchst du wieder mal die Schlüssel zur Schule?" Christian musste sich das Grinsen verkneifen, denn mit ihren rosa Leggings, Kittelschürze und Lockenwickler in den Haaren erinnerte ihn Frau Kernbach immer an eine Figur aus einer Comicserie. Er fragte höflich: „Guten Morgen, Frau Kernbach, ich wollte ihren Mann sprechen." Da drehte sie sich nach hinten und rief laut, so dass es das ganze Haus hören konnte: „Theodor, hier ist Christian, er möchte dich sprechen." Dann drehte sie sich zu Christian und fragte mitleidig: „Und wie geht es deinem Vater? Als ich die Nachricht erfuhr, bin ich ja fast aus allen Wolken gefallen. Hat es ihn schon wieder erwischt…!"

Christian konnte ab hier nicht mehr konzentriert zuhören und musste an seinen Vater denken. Als er gestern nach dem Training noch zusammen mit seiner Mutter kurz bei Vater im Krankenhaus war, hatte Frau Doktor Jansen keine gute Nachricht für sie gehabt. Sie meinte, zwar sei bei Vater der

Zustand noch unverändert, aber bei Herrn Krause fängt er schon an, sich zu verschlechtern.

Doch jetzt kam Herr Kernbach und fragte mit vorgehaltener Hand, damit seine Frau es nicht hörte: „Was ist los, braucht ihr Hilfe?" Christian lehnte sich auch ein wenig zu Herrn Kernbach und flüsterte ihm förmlich ins Ohr: „Wir haben da einen geheimen Aufzug hinter der Kellerkapelle gefunden. Der Mechanismus klemmt und dadurch können wir ihn nicht so recht in Bewegung bringen. Hätten sie jetzt Zeit und könnten sie mal ein Auge darauf werfen." Er fragte laut, mit einem Augenzwinkern: „Das ist doch bestimmt ein Notfall?" Christian nickte und Herr Kernbach rief zu seiner Frau: „Elfriede, wir haben hier einen Notfall in der Schule. Da muss ich mal schnell hin, damit nichts Schlimmeres passiert. Ich bin dann gleich wieder da." Da kam die Antwort mit strengem Unterton: „Aber denke daran, dass du zu Mittag da bist. Heute kommen die Kinder zu Besuch!" Er antwortete: „Das schaffe ich, großes Pfadfinder-Ehrenwort." Da kam es aus der Wohnung: „Das hoffe ich doch, sonst kannst du dein Essen mit dem Campingkocher warm machen und im Zelt schlafen." Er blickte zu Christian und sagte mit einem Augenzwinkern: „Als ob mir das was ausmachen würde." Und wie er seine Werkzeugtasche schnappte, kam es aus der Wohnung: „Das habe ich gehört!"

Frau Milda blickte ungeduldig auf ihre Armbanduhr. Sie hatte vorhin einen Anruf von Heidrun. Diese hatte im Archiv in einem alten Exemplar des „Nimmerstädter-Tageblatt" einen Beitrag vom Antiquitätenhändler Johannes Eichelmann gesehen. Dieser behauptete, dass sein Vater ihm erzählt hätte, dass er als Soldat ein Bild von einer goldenen Drachenskulptur im Forschungszentrum bei der Drachenhöhle gesehen hätte. Dieses hing dort bei einem hochrangigen Militärarzt in dessen Arbeitszimmer. Nach dem Krieg war dieses zusammen mit einigen Forschungsunterlagen spurlos verschwunden. Des Weiteren stand da noch geschrieben, dass zum Ende des Krieges einige Räume des Klosters vom Militär benutzt wurden, da diese von Kriegshandlungen verschont wurden. Diese Informationen gaben ihr wieder Hoffnung. Nur wo bleiben sie denn heute alle, es ist gleich neun Uhr, dachte sie noch, da kamen auch schon Kendra und Ben mit Trixy im Schlepptau. Jetzt wurden ihre Augen groß, denn da war auch der Herr Graf in Ausrüstung und mit Fahrrad. Diese Verkleidung machte er bestimmt nur, um nicht erkannt zu werden. Bloß woher wusste er den Termin, fragte sich Frau Milda.

37 Der Aufzug

Kendra hatte ihre schwarzen Haare zu einem Zopf geflochten, ihre älteste Jeanshose und das kakifarbene T-Shirt sowie die alte Jeans-Jacke angezogen. Sie saß auf dem Fahrrad und fuhr mit Ben und Trixy zum Treffen an der Schule. Sie hielt dabei Ausschau nach Christian, der hatte noch irgendetwas organisieren wollen. Na gut, vielleicht ist er schon an der Schule, dachte sie, und musste lächelnd zu Ben und Trixy rüber schauen. Dieses Gefährt, welches Ben gebaut hatte, damit er sie in ihrem Rollstuhl mit seinem Fahrrad schieben konnte, sah irgendwie lustig aus. Würde Christian dasselbe für sie machen? Fragte sie sich. Bestimmt sagte sie zu sich und da war auch schon die Schule zu sehen.

Christian und Herr Kernbach waren die Letzten, die eintrafen. Diesmal zeigte ihnen Herr Kernbach einen Seiteneingang an der rechten Giebelseite des Hauptgebäudes, unmittelbar neben dem Gang zur Bibliothek. Er sagte: „Hier befindet sich der Heizungskeller mit ehemaligem Kohlelager." So wie Kendra es sah, war da ein vergittertes Kellerfenster und daneben eine hölzerne Rundbogentür. Erreichbar war der Zugang über eine Außentreppe. Besonders gefiel ihr die Lampe darüber. Es war ein Drachenkopf mit einer Glühlampe im Maul. Sie fragte sich, ob dies ein Hinweis sei oder nur Zufall.

Sich die schmutzigen Hände am Lappen abwischend, sagte Herr Kernbach: „Da werde ich wohl den Schweißbrenner holen müssen." Christian fragte gleich: „Soll ich ihn holen gehen?" Doch dieser antwortete lächelnd: „Nein danke, lass mal, ich brauche da noch ein paar Sachen dazu." Jetzt schauten sich Ben und Trixy an und beide nickten. Trixy packte ihre Drohne aus. Da sagte Frau Milda: „Die wird hier nicht fliegen!" Da antwortete Ben: „Soll sie auch nicht." Und wie er das sagte, holte er eine Angel aus seinem Rucksack. Der Herr Graf war gleich begeistert und rief mit einem Augenzwinkern: „Auf die Idee wäre ich nicht gekommen." Dann ergänzte er: „Ich denke, ihr werdet mehr Licht benötigen." Wie er das sagte, holte er einen Akku-Scheinwerfer aus seinem Rucksack. Durch ein Loch in den Bodenbrettern des Aufzuges wurde die Drohne, welche an die Angelschnur gebunden war, in die Grube herabgelassen. Nun wurde der Akku-Scheinwerfer eingeschaltet und ebenso durch die Öffnung gehalten. Mittels der Kamera an der Drohne konnten sie jetzt die Seitenwände und den Boden der Grube absuchen. In halber Höhe entdeckten sie eine Öffnung zu einem Seitengang und so wie es aussah, war da ein unterirdischer Fluss am Grubenboden. Als Ben die Drohne wieder heraufzog, kam bereits Herr Kernbach mit dem Schweißbrenner und fing an, den Bolzen zu lockern. Frau Milda rief alle zusammen und sagte in ihrem Generals-Ton: „Wir haben, wie immer, nicht viel Zeit. Das bedeutet, wir teilen uns wieder in zwei Teams auf. Die einen erkunden den Seitengang in der halben Höhe und die anderen den Zugang sowie den Fluss am Grubengrund. Haben wir eine Möglichkeit, den Fluss zu befahren?" Wie sie das fragte, schaute sie zu Ben. Doch diesmal antwortet der Herr Graf: „Ich habe da ein Kanu, das ist für eine Person und deshalb leicht und nicht groß." Herr Kernbach hatte so nebenbei zugehört und warf gleich ein: „So ein Teil haben wir hier auch noch im Keller herumstehen. Übrigens, der Aufzug geht jetzt. Abwärts sehe ich keine Probleme, aber aufwärts werdet ihr viel Kraft benötigen, denn er geht nur von der Plattform aus zu bedienen."

38 Die starke Strömung

Frau Milda fragte in die Runde: „Wie viel Worki-Torkis haben wir?" Trixy antwortete: „Vier" und der Herr Graf ergänzte: „Sechs, ich habe mir erlaubt, auch noch zwei mit beizusteuern." Frau Milda sah jetzt nochmals in die Runde und sagte: „Okay, Ben und sie, Herr Graf, haben Erfahrung im Kanufahren, ihr erkundet den Flussgang und so wie ich das hier auf der Zeichnung sehe, würde ich an eurer Stelle zuerst alles in Fließrichtung absuchen. Kendra und Christian, ihr untersucht den Seidengang in halber Höhe. Heidrun, Trixy, Herr Kernbach und meine Wenigkeit bilden die Einsatzzentrale und Rettungstrupp. Das ist zwar ein wenig unterbesetzt, aber ich denke, dass es fürs Erste ausreichend ist. Herr Kernbach wird den Aufzug bedienen. Da dieser sich nur von der Plattform aus bedienen lässt, wird er mehr oder weniger in eurer Nähe sein und so schnell zu Hilfe kommen können. Trotzdem beachtet, Sicherheit geht vor! So, dann lasst uns beginnen." Wie sie das sagte, schaute sie auf die Uhr. Da der Aufzug nur für zwei Personen vorgesehen war, musste Herr Kernbach jeden einzeln herab transportieren. Dabei ging es nur sehr mühsam voran. Herr Kernbach prüfte bei jedem Zahnradklick die Ketten und ölte fortlaufend alle beweglichen Teile. Damit schaffte er es aber, dass alle ohne größere Probleme zu ihren Einsatzorten kamen.

Ben hatte geahnt, dass sie wieder eine Sicherheits-schnur benötigen werden und hatte ausreichend davon eingesteckt. Der Herr Graf bestand darauf, dass er das Kanu fahren würde und so befestigte Ben die Schnur am Kanu und schob es in die leichte Strömung. Am Anfang war die Höhlendecke noch ausreichend hoch. Sie wurde aber zunehmend niedriger. Der Herr Graf musste teilweise direkt nach einer Durchfahrt suchen. Als plötzlich ein lauter werdendes Rauschen zu hören war und die Strömung langsam zunahm, meldete er: „Ben für Laufenfels bitte sofort stoppen!" Als Ben dies hörte, befestigte er die Schnur an einen eisernen Haken. Er hatte ihn in die Wand geschlagen und die Schnur darüber laufen lassen. Denn nur so war es ihm möglich gewesen, den Zugkräften ent-gegenzuwirken. Doch diese nahmen auf einmal extrem stark zu. Angesichts dessen meldete er mit gepresster Stimme über Worki-Torki: „Einsatzzentrale für Ben, könnte dringend Hilfe gebrauchen. Ich kann das Kanu nicht mehr lange halten!" „Okay, haben verstanden, Herr Kernbach kommt dir zu Hilfe", kam es sofort von Frau Milda. Zu Herrn Kernbach sagte sie gleich: „Am besten, sie bleiben mit dem Aufzug gleich unten." Da antwortete Herr Kernbach zackig und mit einem Augenzwinkern: „Geht klar Frau Milda, übrigens sie dürfen Theodor zu mir sagen." Diese lächelte nur und antwortete: „Ich halte es unter diesen Umständen auch für angebracht, Ich bin die Maxi." Sie gaben sich noch kurz die Hand und da war er auch schon auf den Weg nach unten.

Kendra hatte sich langsam an den rutschigen Fußboden, das ständige Wassertropfen von der Decke und dem modrigen Geruch gewöhnt. Sie schaute sich bei jedem Schritt ängstlich um, denn sie wollte auf keinem Fall in dieser Gruft hier eingeschlossen werden. Da blieb Christian plötzlich stehen und sagte: „So wie das hier aussieht, ist hier Schluss." Jetzt ging er ein Schritt näher an das Hindernis, bevor er weitersprach: „Es handelt sich um eine Art Mauerwerk. Es sind aber keine Natursteine, sondern Ziegel."

39 Der Durchbruch

Kendra sagte erleichtert: „Na da können wir ja endlich umdrehen." Denn irgendwie hatte sie vorhin einen kleinen Schatten vorüber huschen sehen. Sie wollte gar nicht weiter darüber nachdenken, welches Getier hier so herumkrabbelte und hatte sich bereits zum Abmarsch umgedreht. Da rief Christian: „Fühle mal die Stelle hier an der Wand. Ich glaube, da ist ein Luftzug." Kendra hatte vorsorglich ihr Feuerzeug mitgenommen und hielt die Flamme an die Stelle an der Wand. Tatsächlich, die Flamme vom Feuerzeug flackerte. Aus Erfahrung hatte Christian für solche Fälle seinen Hammer mit und versuchte mit kräftigen Schlägen die Öffnung zu erweitern. Dieses gelang ihm sogar perfekt, nur gab es auf einmal ein lautes Rumpeln. Als sie sich umdrehten, konnten sie nur noch sehen, wie ein schwerer Steinbrocken nicht weit von ihnen von der Decke laut krachend und Staub aufwirbeln den Rückweg versperrte.

In der Einsatzzentrale kam jetzt eine Hiobsbotschaft nach der anderen. Erst die Meldung von Ben und nun auch noch die von Kendra und Christian. Frau Burgbauer sagte gleich voller Sorge: „Wir müssen die Aktion abbrechen und die

Rettungskräfte alarmieren." Doch Frau Milda blieb ruhig und sagte forsch: „Gib mir mal unseren Lageplan." Dann holte sie ihren Kompass hervor und legte diesen auf den Plan. Sie schob diesen etwas hin und her, richtete sich auf, griff zum Worki-Torki und sagte: „Einsatzzentrale für Ben, konntet ihr das Kanu zurückholen?" „Es ging nur ein kleines Stück, jetzt klemmt die Schnur. Ich werde wohl ins kalte Wasser müssen", kam gleich die Antwort von Ben. Frau Milda überlegte kurz und sagte dann: „Am besten ihr befestigt die Leine und ich melde mich gleich wieder." Dann sprach sie in das andere Worki-Torki: „Kendra und Christian für Einsatzzentrale, könnt ihr das Loch in der Wand vergrößern?" Kendra antwortete und hustete dabei: „Das ist bereits passiert, denn Christian ist rückwärts gegen die Wand gefallen. Jetzt ist es groß genug, dass wir hindurchklettern können. Zum Glück hat er sich nur Schrammen zugezogen. Wir können aber noch nicht deutlich erkennen, wo wir uns genau befinden, es sieht aus wie ein Labor. Hier stehen auch moderne Strahler, wie bei einer Ausgrabungsstätte." Frau Milda sagte zu Frau Burgbauer: „Ich kann mir denken, wo sie gelandet sind. Hier Heidrun, schau mal auf die Karte." Frau Burgbauer blickte auf die Karte und sagte erfreut: „Das könnte der Laborraum sein, in dem Christians

Vater und Herr Krause lagen." Sie schaute auf ihre Uhr und sagte: „Die Polizei wird heute nicht mehr dort sein. Die haben Feierabend. Hoffentlich steht die Tür zur dritten Drachenhöhle offen, denn diese lässt sich nur von außen öffnen." Frau Milda fragte gleich: „Christian, ihr seid in dem Labor, wo dein Vater und Herr Krause lag. Da müsste eine Tür sein. Prüft, ob diese zu öffnen geht." Da sich der Staub nur langsam verzog, tasteten sich Kendra und Christian an der Wand lang. Dann fühlte Christian etwas Metallisches. Es war die Tür, doch leider war sie geschlossen. Kendra meldete gleich sorgenvoll: „Die Tür ist zu, was sollen wir machen?"

40 Die Rettungsaktion

Frau Burgbauer hatte plötzlich eine Idee, ließ sich das Worki-Torki von Frau Milda geben und sprach: „Kendra und Christian, bleibt ruhig, ich habe eine Lösung." Dann sprach sie mit Frau Milda. Diese überlegte kurz, sagte dann aber entschlossen: „Ben für Frau Burgbauer, wir vermuten, dass es sich bei euch um den kleinen Wasserfall bei der mittleren Drachenhöhle handelt. Dieser ist nicht hoch. Wenn ihr dem Herrn Grafen helfen könnt, diesen zu überwinden, dann könnte er eventuell von da in die zweite Drachenhöhle gelangen und dort Kendra und Christian befreien." Ben kommunizierte gleich mit dem Herrn Grafen, doch dieser hatte schwere Bedenken. Ben meldete sich entschlossen bei der Einsatzzentrale: „Die Sicherungsleine hat sich jetzt so stark verklemmt, dass wir das Kanu in keine Richtung mehr bewegen können. Außerdem ist dem Herrn Graf der Weg über den Wasserfall zu gefährlich. Ich schlage vor, dass ich mich an der Schnur lang zum Kanu bewege und dann von da aus zusammen mit Herrn Grafen den Wasserfall begutachte. Sollte dieser zu überwinden gehen, werde ich das Worki-Torki mitnehmen und die Rettungsaktion starten. Wäre das in Ordnung, kommen?" Frau Milda schaute nochmals auf die Karte und antwortete dann entschlossen: „Okay, aber wirst du in den nassen Sachen nicht frieren?" Ben antwortete ent-schlossen: „Ich werde nackt schwimmen und meine Sachen im Plastikbeutel mitnehmen und dann nach dem Wasserfall wieder anziehen." Trixy hatte mitgehört und plötzlich war da so ein Grinsen in ihrem Gesicht. Frau Milda antwortete ironisch: „Ausnahmsweise, aber das Worki-Torki lass vorerst beim Herrn Grafen, damit dieser berichten kann."

Frau Milda hatte Kendra und Ben informiert und diese nutzten gleich die Wartezeit, um sich in der Höhle genauer umzusehen. Christian erkannte, dass die Öffnung mit einem Holzgestell eingerahmt war. Er zeigte auf die Öffnung und meinte zu Kendra: „Schau mal, das sieht aus, als wäre es mal eine Tür gewesen." Sie nickte, blickte noch einmal ringsum und sagte dann: „Hier sind noch zwei solcher Konstruktionen und die Ausgangstür ist dann die Vierte." „Das bedeutet, dass sich je zwei Türen gegenüber befinden. Sie sind somit kreuzartig angeordnet. Warum wurden wohl diese drei zugemauert?", fragte Christian und sah sich die zugemauerten Öffnungen näher an. Kendra holte ihr Feuerzeug wieder hervor und prüfte, ob es an einer dieser Zugerscheinungen gibt. Doch die Flamme flackerte an keiner Stelle. Nur beim Abklopfen klangen diese Bereiche etwas anders als die Wände dazwischen. Christian sagte: „Das muss nichts bedeuten, schließlich wurden diese mit einem anderen Material zugemauert." Kendra sah, dass an der zugemauerten Öffnung, welche sich gegenüber der Zugangstür befand, ein Stück Messingplatte aus dem Putz hervorschaute. Sie ließ sich von Christian den Hammer geben und hackte vorsichtig die Platte frei. Auf dieser war bei genauer Betrachtung ein dreiköpfiger Drache zu sehen. Kendra meinte neugierig: „Ich wüsste gerne, wohin dieser Weg geführt hat." Christian holte eine Kopie von dem Lageplan hervor, welcher Frau Milda auf der Grundlage ihrer Erkenntnisse angefertigt hatte. Dann legte er sein Kompass dazu und drehte alles, bis es für ihn passte. Da auf der Karte nicht klar zu sehen war, wo diese Türen hinführen könnten, kennzeichnete er nur die Lage der Türen. Er meinte dazu: „Eventuell können es Frau Milda oder Frau Burgbauer bestimmen."

41 Die Klettertour

Ben hatte das Kanu erreicht. Der Herr Graf hatte ihm schon von Weitem ein Lichtzeichen gegeben. Ben übergab nach kurzer Abstimmung dem Herrn Grafen das eine Ende der zweiten Sicherungsleine, rückte den Plastikbeutel mit seinen Sachen zurecht und machte gleich weiter Richtung Wasserfall. Als er den Rand des Wasserfalls erreichte, sah er, dass dieser so circa zwei bis drei Meter in die Tiefe fiel. So wie es aussah, war es der Wasserfall, von dem Kendra berichtet hatte, denn in der Mitte schaute ein Stück Felsen hervor und da war ein kleiner See, der dann in einen Fluss überging. Dort war dann auch der schmale Pfad mit dem Gang, der vermutlich zum Aufzug und zur zweiten Drachenhöhle führte. Die Stirnlampe, die Ben trug, ließ ihn jedenfalls dies alles erkennen und so seilte er sich ab, schwamm bis zum Pfad, zog seine Sachen an und machte sich auf den Weg zum Aufzug. Doch dieser war wie erwartet immer noch außer Betrieb. Da hing aber noch die Leine, mit der sie sich abgeseilt hatten. Ben machte sich aus dem Stück der Kletterschnur, welche zu lang war, einen Sitzgurt. Aus der Schnur von seinem Rettungsarmband fertigte er dann noch eine Steigschlaufe. Sitzgurt und Steigschlaufe befestigte er dann jeweils mit einem Prusi-Knoten an die Kletterschnur. Diese Knoten lassen sich per Hand verschieben und verhaken sich aber, wenn man sie belastet. Den Sitzgurt befestigte er an der oberen Steigschlaufe. Nun schob er den Prusi-Knoten vom Sitzgurt so hoch, wie es ihm stehend möglich war. Dann setzte er sich in den Sitzgurt und schob den Knoten der unteren Steigschlinge, bis er mit seinem rechten Fuß in diese steigen konnte. Jetzt richtete er sich mit dem Fuß in der Schlinge auf und so in der Schlinge stehend bringt er den Prusi-Knoten des Sitzgurtes wieder, so hoch es ihm möglich war. Jetzt setzte er sich wieder in den Sitzgurt und bewegte die Steigschlinge weiter. Mit diesem Bewegungsablauf kletterte er am Seil nach oben.

Der Herr Graf meldete der Einsatzzentrale, dass dieser den Wasserfall unbeschadet überwunden hat und soeben mit dem Aufstieg beginnen wird, da der Aufzug immer noch unten war. Frau Milda antwortete mit etwas Besorgnis: „Wir haben noch keine Information von Kendra und Christian. Aber was ist jetzt eigentlich mit ihnen, Herr Graf. Die drei werden bestimmt einen anderen Rückweg wählen." Der Herr Graf überlegte und sagte dann entschlossen: „Ich werde mich selbst an der Schnur zurückziehen" Frau Milda antwortete gleich begeistert: „Das ist eine hervorragende Idee. Denn so könnten sie auch gleich die eingeklemmte Schnur mit befreien. Herr Kernbach wird ihnen dann den Rest der Strecke helfen."

Ben sah sich in der Drachenhöhle um. Die Rettungskräfte hatten zum Bergwerk hin die Zugänge verschlossen. Dafür war aber der Gang zum Schlossturm freigelegt. Okay, das wäre ein Ausweg. Nur wird der Turm verschlossen sein. Doch dafür wird es auch eine Lösung geben, dachte er so bei sich und ging jetzt Richtung dritte Drachenhöhle.

42 Die Geheimtür

Kendra war dabei, die Messingplatte mit dem dreiköpfigen Drachen zu reinigen und genauer zu untersuchen; da fiel ihr eine Kerbe auf, welche auch ein Hinweispfeil sein könnte. Sie wollte gerade etwas zu Christian sagen, da polterte es auch schon an der Tür und sie öffnete sich. Kendra freute sich riesig, ihren Bruder zu sehen. Sie rief gleich: „Ben, du hast es geschafft." Christian fragte lächelnd: „Wo warst du so lange?" Ben lachte und sagte: „Wenn ich beim Eiskaffee vorbeigekommen wäre, hätte ich euch bestimmt was mitgebracht." Dann sagte er ernsthaft: „Die Strecke können wir nicht zurück. Wir müssen einen anderen Weg nehmen. Habt ihr Funkkontakt zur Einsatzzentrale?" Christian antwortete: „Das probieren wir gleich mal aus." Er nahm das Worki-Torki und rief: „Einsatzzentrale, für Christian kommen." Vom Sprechfunkgerät kam kein Mucks. Christian probierte es gleich nochmal, doch da kam immer noch nichts. „Was machen wir jetzt?", fragte

Kendra besorgt. Wie Christian antworten wollte, kam es aus dem Sprechfunkgerät: „Das wurde aber höchste Zeit, dass ihr euch meldet. Ist Ben bei euch?" Ben ließ sich das Worki-Torki geben und sagte: „Hier Ben, freue mich auch ihre Stimme zu hören. Konnte nicht schneller, habe den Rückweg noch erkundet. Das Bergwerk ist dicht. Aber der Zugang über die Schlosskapelle scheint frei zu sein. Könnt ihr Frau Gräfin Bescheid geben, dass sie den Zugang öffnen lässt?" Da meldete sich der Herr Graf: „Hallo Ben, freue mich, dass du es geschafft hast. Ich kümmere mich persönlich darum." „Danke Herr Graf, wir machen uns gleich auf den Weg." Bevor sie losgehen wollten, zeigte Kendra den beiden, was sie am Messingschild entdeckt hatte. Ben folgte dem Pfeil und untersuchte den gesamten Bereich und sagte: „Da ist nichts, nur dieser Stein hier, der da etwas vorsteht." Und wie er mit dem Fuß dagegen tritt, wackelte dieser. Christian kniete sich gleich hin und begann an diesem zu rütteln und zu ziehen. Doch erst als Ben den Schraubenzieher einsetzte, gab es ein Geräusch und die scheinbar zugemauerte Tür öffnete sich einen Spaltbreit. Christian und Ben drückten diese dann so weit auf, dass sie in den geöffneten Gang hineinsehen konnten. Kendra meinte gleich euphorisch: „Das müssen wir uns noch anschauen." Christian blickte auf seine Armbanduhr und sagte skeptisch: „Ob wir dafür noch Zeit haben? Du weißt schon, wir haben morgen noch den Wettkampf." Ben sagte beruhigend: „Ich habe da einen Vorschlag. Ich gehe dem Herrn Grafen entgegen und ihr schaut euch währenddessen den Gang an?" Kendra und Christian nickten und so machte sich jeder auf seinen Weg.

Der Herr Graf war kaum bei Frau Milda in der Einsatzzentrale angekommen, da machte er sich gleich auf den Weg zur Turmkapelle. Es dauerte allerdings eine Weile, bis er den Zugang geöffnet hatte. Und wie als hätte er es geahnt, kam natürlich Frau Gräfin mit ihrem Rollstuhl angefahren und fragte: „Albert, was machst du hier?" Der Herr Graf antwortete hektisch: „Liebling, ich habe jetzt keine Zeit für lange Erklärungen. Ich muss Kendra und Christian helfen." Doch Frau Gräfin ließ sich nicht so einfach abschütteln und bot an: „Ich kann helfen, ach bitte Albert." Sie hatte dabei diesen Blick, der mit einer der Gründe war, warum er mit ihr sein Leben verbringen wollte. Er fragte sie: „Okay, haben wir noch Worki-Torkis?" Die Gräfin griff in ihre Handtasche, die sie immer dabeihatte und holte zwei heraus und sagte spitzbübisch: „Du kennst mich, ich bin immer vorbereitet und die hier habe ich auch noch dabei." Wie sie das sagte, holte sie eine Bodycam und den kleinen Laptop hervor und hielt diese hoch. Der Herr Graf rollte mit den Augen und sagte lächelnd, mit einem Augenzwinkern: „Okay, aber nur notwendige Informationen über Funk!" Der Blick von Frau Gräfin wurde jetzt treuherzig und sie sagte: „Großes Pfadfinder-Ehrenwort." So wie sie da in ihrem weißen Sommerkleid saß, konnte er ihr ohnehin nicht widersprechen. Mit einem charmanten Lächeln nahm er die Bodycam, schaltete sie an und hing sie an seine Weste. Frau Gräfin gab dem Herrn Grafen einen Kuss und sagte: „Danke Albert, jetzt bin ich wieder mit dabei." Warum eigentlich nicht, dachte so der Herr Graf und machte sich auf den Weg.

43 Der Geheimgang

Der Graf betrat gerade die erste Drachenhöhle, da kam ihm auch schon Ben entgegen. Der begrüßte und erklärte ihm, warum er allein gekommen war. Schließlich begrüßte er auch noch Frau Gräfin über

Funk und erklärte ihr noch kurz die Situation; dann machten sich beide auf den Weg zu Kendra und Christian.

Kendra folgte etwas ängstlich Christian in den Geheimgang. Sie war nicht gerade begeistert, wieder so einen schlüpfrigen, mit Spinnweben behangenen, von der Decke tropfenden und von allem möglichen Getier bewohnten, finsteren Gang zu erkunden. Wäre da nicht ihre ungestillte Neugier und so richtete sie ihre Konzentration mehr auf das Abenteuerliche. Doch das alles bewirkte, dass sie vergaß, die Geheimtür zu sichern und so war wieder einmal der Rückweg versperrt. Christian suchte einen Öffnungsmechanismus, aber da war keiner. Er sagte beruhigend zu Kendra: „Zum Glück kommen noch Ben und der Herr Graf. Diese werden die Tür von außen wieder öffnen. In der Zwischenzeit können wir versuchen, den Geheimgang abzusuchen." Er holte seine Sicherheitsleine aus seiner Tasche, befestigte sie an einem hervorstehenden Stein und sagte nachdenklich: „Mal sehen, wie weit wir damit kommen werden." Dann machten sie sich auf den Weg. Die Schnur war fast am Ende, da konnten sie von weitem einen leichten Lichtschimmer sehen. Christian fragte Kendra: „Wollen wir da mal nachsehen?" Kendra nickte, sagte aber streng: „Da die Sicherungsleine zu Ende ist, warte ich sicherheitshalber hier und du leuchtest mit der Taschenlampe zu mir und ich zu dir. Sobald du meinen Lichtschein nicht mehr siehst, kommst du zurück." „Okay, das ist eine gute Idee!", kam es beruhigend von Christian. Um nicht an die Situation zu denken, in der sie sich befand, versuchte Kendra, sich auf das Licht von Christian zu konzentrieren. Doch auf einmal gab es einen kurzen Schrei und Christians Licht war aus. Sie rief laut nach ihm, doch es kam keine Antwort. O Gott, was mache ich jetzt bloß, dachte sie verzweifelt und war den Tränen nah. Plötzlich berührte sie eine Hand von hinten. Sie schrie vor Schreck auf, doch als sie sah, dass es Ben und der Herr Graf war, fiel ihr ein riesiger Stein vom Herzen und sie fing gleich an zu weinen. Schluchzend berichtete sie, was passiert war. „Okay, du bleibst mit dem Herrn Graf hier. Ich gehe vor und schaue, was passiert ist", beruhigte sie Ben und machte sich auf in Richtung des Lichtscheins.

Als Christian wieder Luft bekam, fand er sich an der Wasseroberfläche eines Brunnens. Seine Füße spürten keinen Grund und die Wände waren rutschig, so konnte er sich nur schwimmend an der

Oberfläche halten. Hoffentlich hatte es Kendra bemerkt, waren seine Gedanken, denn lange würde er sich nicht über Wasser halten können. Er schaute nach oben und sah, dass da eine runde Öffnung war. Und plötzlich erfasste ihn das Licht einer Taschenlampe und da war die Stimme von Ben. Er war so froh, dessen Stimme zu hören und rief: „Ich bin hier unten. Mir geht's gut, muss mich aber schwimmend über Wasser halten." Da hörte er wie Ben rief: „Okay, halt noch ein wenig durch, ich hole Hilfe. Bin gleich wieder da." Je mehr sich Christians Augen an die Umgebung gewöhnten, desto mehr konnte er erkennen. Da war nicht weit über ihm eine Art steinerne Treppe in Form von langen Steinen, welche spiralartig aus der Wand ragten. Die letzte Stufe begann aber erst so zwei Meter über der Wasseroberfläche. Jetzt schaute plötzlich Ben zusammen mit dem Herrn Grafen aus dem Tunnelzugang und warfen ihm zwei Seile mit Schlaufen aus dünner Fallschirmschnur herunter. Er wickelte die Schlaufen links und rechts um seine Handgelenke und stemmte seine Füße in die Wand. So zogen sie ihn gemeinsam bis zur ersten Stufe. Wie sie sich so schnaufend erholten, kam ein Funkspruch von Frau Gräfin: „Hallo Albert, halte mal die Bodycam in den Brunnen." Der Herr Graf tat, was sie sagte. Jetzt kam ein weiterer

Funkspruch: „Das ist der Brunnen von der Klosterküche. Der hat oben ein Stahlgitter, da kommt ihr nicht weiter." Da sagte der Herr Graf mit Blick auf seine leuchtende Armbanduhr: „Okay, ich glaube, das war genügend Abenteuer für heute. Ich schlage vor, wir brechen hier ab und treffen uns alle in der Schlossküche."

44 Die Auswertung

So nach und nach trafen alle in der Schlossküche ein. Nur Herr Kernbach musste schnellstmöglich nach Hause. Er verabschiedete sich mit den Worten: „Das war mal wieder ein Abenteuer nach meinem Geschmack. Aber jetzt muss ich los, bin ohnehin schon zu spät. Also bis zum nächsten Mal." Er hatte recht, es war schon nachmittags. Frau Gräfin hatte Christians Mutter angerufen und die war gleich gekommen und hatte Tee gekocht und ein paar belegte Brote gemacht sowie für Christian trockene Wäsche mitgebracht. Frau Milda begann als erste mit: „Ich glaube, das war heute die schwierigste Erkundung seit Langem. Bis vor einer Stunde hätte ich nicht gedacht, dass wir noch mit eigenen Kräften diese Expedition beenden können. Ich danke euch allen und besonders dir, Ben. Unser Sicherheitssystem hatte keine Lücken und so bin ich allen dankbar, dass wir gesund hier sitzen. Ich habe in der Zwischenzeit dank euch den Lageplan aktualisieren können. So wie es aussieht, gehören Drachenhöhlen, Schule und Kloster zusammen. Nur haben wir außer Hinweise nichts weiter gefunden." Da meldete sich Frau Gräfin: „Wir müssen unbedingt das Kloster unter die Lupe nehmen." Da warf Frau Burgbauer ein: „Ins Kloster kommt man nicht so einfach." Da sagte die Frau Gräfin mit triumphierendem Blick: „Rein zufällig kenne ich den Abt relativ gut und ich denke, wir könnten morgen da schon mal ein Blick hineinwerfen." Jetzt meldete sich Christian: „Ich weiß von Herrn Kernbach, dass er dort auch Hausmeistertätigkeiten macht." Da fragte Frau Milda Kendra: „Von wann bis wann geht der Wettkampf morgen?" Kendra antwortete: „Nach Aussage von Herrn Bouba, von neun Uhr bis Mittag." „Okay, Frau Gräfin, Herr Graf, Heidrun und ich werden morgen sich im Kloster umsehen. Ich werde Kommissar Mausberger noch auf den aktuellen Stand bringen. Außerdem müssen die Verschüttungen beseitigt und die Gänge gegen fremden Zutritt gesichert werden." Ben war damit einverstanden, denn er musste ohnehin die

Ausrüstung vervollständigen und Christians Mutter wollte ohnehin zu Vater ins Krankenhaus. Frau Burgbauer war, die Erste, die das Teekränzchen verließ, denn sie wollte noch in der Bibliothek nach weiteren Hinweisen suchen.

Kendra fragte beim Gehen zu Christian: „Wie gut kennst du Frau von Wiesenstein?" Christian schaute sie verwundert an und antwortete: „Du meinst Maja, na ja, sie ist meine Trainerin bei den Ritterspielen. Ich lerne bei ihr das Lanzenstoßen und das Bogenschießen. Warum fragst du?" Sie antwortete abwegig: „Ach nur so, Frau Gräfin hatte von ihr erzählt." Dann fragte Christian noch: „Wann soll ich dich morgen früh abholen?" „Ich denke, um acht Uhr reicht aus", antwortete Kendra. Er dachte, dass sie nun jeder getrennt nach Hause gehen würden, doch Kendra machte keine Anstalten. Wie er sie fragen wollte, kam der Herr Graf und rief schon von Weitem: „Kendra und Christian, das hatte ich euch vergessen zu sagen. Maja, also Frau von Wiesenstein, wird euch beide trainieren." Jetzt schaute er mit einem Augenzwinkern zu Frau Gräfin, welche gerade dazugestoßen war und fuhr fort: „Margret und ich haben entschieden, euch beide als Partner für die Ritterspiele anzumelden." Da stützte Kendra ihre

Arme in die Seiten und fragte protestierend: „Ach, und was soll ich da tun? Ich kann weder reiten noch die Lanze halten?" „Das musst du auch nicht. Du wirst mit Pfeil und Bogen schießen. Herr Bouba hat mir berichtet, dass du eine begabte Schützin bist, während Christian da noch mehr üben müsste." Wie Frau Gräfin das sagte, schaute sie zu Christian und ergänzte: „Sorry, aber du benötigst für den Wettkampf ohnehin eine Partnerin, so verlangen es jedenfalls die neuen Regeln." Christian nickte, denn dies wusste ja bereits vom Herrn Grafen. Aus Spaß protestierte er ein wenig, freute sich aber insgeheim. Am liebsten würde er noch viel mehr Zeit mit ihr verbringen. Er wusste nur nicht, wie er es ihr sagen sollte, ohne dabei lächerlich zu wirken.

45 Das alte Notizbuch

Kendra kitzelte etwas an ihrer Nase und wie sie ihre Augen öffnete, erkannte sie, dass es ein Lichtstrahl war, welcher lustig mal da und mal dorthin hüpfte. Sie blickte erschrocken auf ihren alten Wecker mit den zwei Glocken. Doch es gab keinen Grund, schon aufzustehen. Sie hatte wieder den Traum vom Drachen gehabt. Diesmal stand sie aber neben Christian. Er mit Schwert und Schild, sie mit Pfeil und Bogen. Zusammen schafften sie es, den Drachen zu vertreiben. Ach ja, Christian, seit einem Jahr waren sie nun schon mehr oder weniger zusammen, aber irgendwie hatte er sie offiziell noch nicht gefragt, ob sie mit ihm gehen würde. Andererseits hatte sie sich auch noch nicht getraut, ihn darauf anzusprechen. Vielleicht macht sie es heute, denn schließlich bestreiten sie ja zusammen den Biathlon-Wettkampf. Da beendete abrupt das Klingeln des Weckers ihr Gedanken-spiel. Sie griff sich das Seil, das vor ihrem Hochbett hing, und rutschte daran herunter. Am Ende des Seiles war ein Knoten, auf dem sie stehen blieb. Jetzt schaukelte sie so lange, bis sie mit Schwung am Kleiderschrank landen konnte. Ben hatte sich vom Vater auch so ein Seil am Deckenbalken anbringen lassen. Leider klappten seine Landungen nicht so präzise. Letztens musste sie ihn unter seinem umgestürzten Kleiderschrank hervorholen. Zum Glück hat dieser Schrank keine Türen, so war Ben nur unter den Jacken vergraben. Da er sich von keiner Jacke so richtig trennen konnte, gab es allerdings reichlich davon. Jetzt hörte sie, dass es unten an der Haustür klingelte. Sie schaute auf die Uhr, erschrak und dachte, oje, das wird bestimmt Christian sein, jetzt muss sie sich aber sputen.

Christian hatte sich von seiner Mutter verabschiedet, den Bogen mit dem Köcher und den Pfeilen sowie seine Trainingstasche geschnappt und sich auf den Weg zu Kendra gemacht. Er musste dabei noch an das gestrige Training denken. Kendra war wirklich eine begabte Bogenschützin. Wenn sie den Bogen spannte, hatte es so ausgesehen, als ob sie gar nicht zielen, sondern eher das Ziel fühlen würde. Maja hatte gemeint, dass es intuitives Bogenschießen wäre. Es ist eine alte Art, wie sie es vom japanischen Bogenschießen kennen würde. Seine Methode dagegen ähnelte dem der Sportschützen. Diese wäre aber auch nicht schlecht. Na gut, da muss ich mich jetzt eben nur noch auf das Tjostieren also Lanzenstoßen, konzentrieren. Wenn das nur mit seinem Vater nicht wäre, dachte er noch, da sah er schon die alte Bäckerei, Kendras zu Hause.

Als Kendra in die Küche kam, saß da schon Christian und trank eine Tasse Kakao. Ihre Mutter sagte: „Na Schlafmütze, du weißt schon, dass ihr heute den Wettkampf habt und ihr gleich los müsst. Doch jetzt frühstücke erstmal, denn

Christian muss auch noch seinen Kakao trinken."
Wie sie das sagte, zwinkerte sie Christian zu.
Kendra wollte gerade fragen, wo Ben ist; da ging
die Tür auf und Ben kam freudestrahlend herein.
Er übergab Kendra einen Pfeilköcher, den er
vermutlich selbst gebaut hatte und sagte ironisch,
mit einem Augenzwinkern: „Ich nehme an, dass du
noch nicht dazu gekommen bist, dir einen zu
bauen." Sie erschrak, klar, das hatte sie bei all dem
ganz vergessen. Sie umarmte Ben freudestrahlend
und sagte: „Danke, danke, Brüderchen, wenn ich
dich nicht hätte." Da kam Kendras Vater herein,
sah, wie Ben den Köcher übergab und meinte zu
Ben mit einem Augenzwinkern: „Ich habe mich
schon gewundert, wo mein alter Gürtel geblieben
ist. Übrigens war ich gestern bei meinem
Schulfreund Johannes Eichelmann. Wir haben ihn
immer Junior genannt, weil er genau wie sein
Vater hieß und dieser ihn deshalb auch so nannte.
Er hat von ihm das Antiquariat übernommen.
Eines der alten Bücherregale war zusammen-
gebrochen. Beim Reparieren habe ich eure
Geschichte und das von deinem Vater, Christian,
erzählt. Da hat er mir dieses dicke Notizbuch aus
einer alten, verstaubten Kiste gegeben. Es ist von
seinem Vater, der auch nach dem Drachenschatz
gesucht hatte. Er meinte, er könne damit nichts

anfangen, aber vielleicht wird es euch weiterhelfen." Kendra überlegte, woher sie den Namen
kannte. Da sagte Christian: „Hat Frau Burgbauer
nicht von einem Zeitungsbericht über den
Drachenschatz erzählt, welcher ein Johannes
Eichelmann verfasst hatte?" Jetzt schlug sich
Kendra an ihre Stirn und sagte: „Na klar!"

46 Der Wettkampf

Als Frau Milda mit Frau Burgbauer, Herrn Graf und
Frau Gräfin im Sportzentrum eintrafen, war der
Wettkampf schon im vollen Gange. Da alle drei
Klassen der jeweiligen Altersgruppe angetreten
waren, wurde von Herrn Bouba festgelegt, dass
jedes Paar nur eine Distanz absolvieren muss. Die
Sieger werden dann nach Zeit und Treffern
ermittelt. Ben begrüßte alle und sagte aufgeregt:
„Trixy und ich sind die Letzten im Rennen. Zurzeit
sind Kendra und Christian an der Reihe. Nach dem
jetzigen Ergebnisstand sind Erik und Jasmin an
erster Stelle. Christian kam gerade vom Bogenschießen. So wie ich es sehe, liegt er, was die
Laufzeit betrifft, momentan mit Erik gleich, nur im
Bogenschießen hat er schlechter abgeschnitten.

Jetzt kommt es auf Kendra an. Wie war es im Kloster? Habt ihr etwas herausfinden können?" Frau Milda übernahm gleich das Wort und sagte enttäuscht: „Leider, nicht wirklich. Den Brunnen haben wir im Klostergarten gefunden. Der Abt hatte gesagt, dass zu Kriegszeiten die Küche und andere Räume zu Forschungszwecken genutzt wurde. Es dauerte auch sehr lange bis die Mönche diese Räume wieder nutzen konnten, den überall müssen, die Törtchen-Minen herumgestanden haben." Da fiel Ben das Notizbuch ein und wie er davon berichtete, kam plötzlich wieder Hoffnung in die Gesichter der anderen. Frau Burgbauer klatschte vor Erregung in ihre Hände und sagte: „Das müssen wir unbedingt gleich nach dem Wettkampf ansehen." Jetzt kam Christians Mutter noch dazu und sagte betroffen: „Frau Doktor Jansen meint, wir müssen uns beeilen, sonst kann sie Folgeschäden nicht ausschließen." Sie seufzte kurz, dann fragte sie: „Und wie sieht es aus." Zuerst wurde sie von Ben zum Wettkampfstand informiert und dann erfuhr sie von den Ergebnissen des Klosterbesuches und vom ominösen Notizbuch. Da wurde sie hellhörig und sagte spontan: „Wenn das so ist, lade ich alle nach dem Wettkampf zu uns zum Kaffee ein." Kendra hatte ihre erste Laufstrecke bewältigt und war jetzt mit

Bogenschießen dran. Der erste Schuss eine Neun, der Zweite auch und jetzt eine Zehn. Ben meinte: „Jetzt sind sie gleich mit Jasmin und Erik." Und ergänzte: „Ich mach da mal los, Trixy steht schon am Bogenschießstand." Für Trixy und Ben hatte Herr Bouba eine Sonderregelung getroffen. Ben musste die gesamte Laufstrecke und Trixy das Bogenschießen absolvieren. Fairerweise hatte Herr Bouba die Laufstrecke etwas gekürzt und Trixy brauchte nur je drei Pfeile auf zwei Scheiben schießen. Ben schlug ein Tempo an, als liefe er um sein Leben. So schnell hatte Kendra ihn noch nie rennen sehen. Da sah sie den Grund. Es war Mailo der rannte kläffend hinter ihm her, als wollte er ihn gleich in den Hintern beißen. Wo kam der den her? Fragte sie sich. Da sah sie ihren Vater angerannt kommen. Dieser fragte ganz außer Atem: „Habt ihr Mailo gesehen." Alle sagten, fast gleichzeitig: „Ja, da" und zeigten zu Ben auf der Kampfbahn. Doch da war Ben schon nah am Ziel und Mailo bereits gefährlich nah. Jetzt standen alle auf, denn Mailo setzte zum Sprung an. In diesem Moment überquerte Ben die Ziellinie, drehte sich ruckartig um, holte dabei gleichzeitig aus seiner Hosentasche eine Bockwurst und warf es rückwärts fallend zu Mailo. Dieser fing sie im Flug mit seinem Maul und verputze sie auf der Stelle. Jetzt mussten alle lachen. Frau Milda sagte kopf-schüttelnd: „Unser Ben, wie er leibt und lebt." Kendra sagte lachend: „Ohne ihn würden wir vor lauter Ernst das Lachen vergessen." Und da mussten selbst der Herr Graf und die Frau Gräfin lächelnd nicken. Herr Bouba rief rüber: „So wie es aussieht hatte Ben es geschafft, dass er zeitgleich wie Erik und Christian ins Ziel gekommen war. So hing jetzt alles von Trixys Kunst im Bogenschießen ab." Jetzt wurde es so still, dass man nur noch das Rauschen der umstehenden Bäume und das Zwitschern der Vögel hörte. Trixy hatte sich ruckartig mit ihrem Rollstuhl seitlich aufgestellt. Ausnahmsweise waren die Pfeile in keinem Köcher, sondern sie hielt die beiden übrigen Pfeile wie beim japanischen Bogenschießen mit der Hand am Bogen. Da sah Kendra, Maja auf der anderen Seite an der Bande stehen. Irgendwie schien sie Trixy etwas zuzurufen. Jetzt kam das Kommando, dass Trixy losschießen kann. Das, was jetzt kam, ließ allen rings um den Mund offenstehen, denn sie schoss die drei Pfeile am Bogen hintereinander ab und das bei beiden Scheiben. Da war nur eine kurze Pause, in dem sie ruckartig die Stellung wechselte. So dicht beieinander wie die Pfeile in der Mitte jeder Scheibe steckten, mussten das je dreimal die Zehn sein, sagte Kendra in die Stille und da kam auch schon die Bestätigung von Herrn Bouba. Damit waren Trixy und Ben die Sieger des Wettkampfes. Jetzt rissen alle vor Freude laut rufen die Hände hoch und selbst der Herr Graf und die Frau Gräfin blieb nichts anderes übrig, als sich vor lauter Jubel zu umarmen.

47 Der Drachenschatz

Alle saßen an der Kaffeetafel und waren immer noch dabei, die Einzelheiten des Wettkampfes auszuwerten. Besonders der Herr Graf sagte zu Trixy: „Ich habe schon viel gesehen, aber dein Bogenschießen grenzt an ein Wunder. Ich kenne nur Geschichten über solche Bogenschützen, dass ich jemals so einen." Jetzt räusperte er sich und korrigierte: „So eine Bogenschützin kennenlernen würde, hätte ich nie erwartet." Trixy wurde gleich rot, meinte aber beschwichtigend: „Das ist nicht allein mein Verdienst. Ohne Frau Maja von Wiesenstein hätte ich das nie hinbekommen." „Dachte ich es mir doch. Trotzdem, ein guter Lehrer ist das eine. Es gehört auch ein guter Schüler dazu, damit alles auch wirklich gut wird", sagte Herr Graf mit einem Augenzwinkern. Jetzt meldete sich Frau Milda zu Wort: „Wie ihr eventuell bereits wisst, sind wir dank Kendras Vater in den Besitz eins Notizbuches gekommen, welches uns vermutlich weiterhelfen wird. In diesem steht drinnen, dass der Drachenschatz aus drei Teilen besteht. Er hatte herausgefunden, dass zur Skulptur noch ein Buch und ein Dolch dazu gehören. Beides wurde nicht gefunden, aber es existiert eine Beschreibung der Gegenstände. In der Schulbibliothek haben wir jedenfalls kein solches Buch, es wäre mir aufgefallen. Wie sieht es bei dir aus, Heidrun?" Frau Burgbauer schüttelte mit dem Kopf und sagte bedauerlich: „In der Stadtbibliothek und im Museum habe ich kein solches Buch registriert und auch nicht gesehen." Da tippte sie sich auf einmal an die Stirn und sagte: „Aber ich könnte doch Bruder Steffen, der Bibliothekar von der Klosterbibliothek fragen. Eventuell liegt es dort irgendwo." Die Frau Gräfin meinte: „Das könnte durchaus sein, wenn da ein Labor war. Nur stammen das Buch, der Dolch und die goldene Drachenskulptur aus dem Mittelalter und die Rezeptur wurde ja zum Kriegsende entwickelt. Wie passt das zusammen?" Frau Milda sagte zuversichtlich: „Und auch das werden wir herausfinden." Dann blickte sie zu Frau Burgbauer und fragte: „Heidrun, kannst du für morgen Nachmittag einen Termin bei Bruder Steffen machen?" Frau Burgbauer nickte. Da schaute Frau Milda in die Runde und sprach: „Okay, wir treffen uns morgen gleich nach der letzten Stunde am Kloster!" Alle sahen zufrieden aus, außer Ben, der meldete sich gleich und sagte entschuldigend: „Braucht ihr mich morgen auch, ich hätte da noch etwas anderes dringend zu erledigen." Frau Milda überlegte und sagte: „Okay, wärst du aber im Notfall zu erreichen? Nur so zur Sicherheit." Wie sie das sagte, zwinkerte sie mit den Augen. Ben antwortete zustimmend. „Natürlich, ich bin zu Hause in der Werkstatt." Jetzt mischte sich Kendra ein und fragte neugierig: „Was hast du denn so Wichtiges zu tun?" Ben schaute verlegen nach unten und sagte halblaut: „Ihr wisst doch, zum Abschluss der Ritterspiele am Sonntag, gibt es doch ein Seifenkistenrennen am Schlossberghang und da habe ich mich angemeldet." Da schimpfte Kendra gleich: „Du denkst auch nur an dich. Christians Vater liegt im Krankenhaus und du hast nichts anderes vor, als an das Seifenkistenrennen zu denken", doch da mischte sich Frau Milda ein und sagte streng: „Kendra stopp, ich denke für morgen sind wir genug und außerdem ist das Rennen nur einmal im Jahr und da sollten wir jemand Qualifiziertes am Start haben." Da meldete sich der Herr Graf und sagte mit einem Augenzwinkern in Richtung Ben: „Mit Verlaub, wenn das Rennen für Ben so wichtig ist, würde ich mich auch für morgen in Bereitschaft begeben und ihm mit meiner Erfahrung als Rennfahrer behilflich sein." Jetzt schaute Frau Milda doch nochmals prüfend in die Runde und fragte mit einem Lächeln: „Noch jemand, der dringend an einem Rennen teilnehmen muss?" Da meldete sich Christian: „Okay, am besten ich helfe morgen Ben und ihr Frauen redet mit Bruder Steffen." Da sagte Frau Milda: „Ich denke, dass wir Mädels das auch allein schaffen. Sollten wir uns da Sachen genauer ansehen müssen, werden wir das am besten am Dienstag durchführen. Da fällt der Unterricht wegen Stromausfall nachmittags aus." Christians Mutter mischte sich jetzt auch noch ein und meinte versöhnlich und aufmunternd: „Ich denke, das ist ein guter Kompromiss." Bevor sich noch weitere Redner zu Wort melden würden, stoppte Frau Gräfin die Debatte lächelnd und augenzwinkernd mit: „Dann haben wir das auch geregelt und können zum gemütlichen Teil übergehen."

48 Eine Überraschung kommt selten allein

Die Sonne kitzelte Kendras Nase, als sie die Übergardine aufzog. Der Blick auf den Garten gefiel ihr jeden Morgen aufs Neue, da gab es immer etwas zu entdecken. Meistens ging es da um Pflanzen und Tiere, doch heute war da noch eine seltene Spezies zu beobachten. Es war Ben, der anstelle des Sitzes eine Reckstange an die Gartenschaukel befestigt hatte. Nun war er dabei, sich im Kniehang, auch Schweine-Baumeln genannt, dranzuhängen und fing dann auch gleich mit Schaukeln an. Ob das gut geht, fragte sich Kendra. Und als hätte sie es geahnt, versuchte er jetzt mit viel Schwung nach vorn abzuspringen. Kendra kannte so etwas nur vom Zirkus. Die Zirkusartisten nannten diese Art Absprung den Todessprung. Doch dieser hier ähnelte eher einem Bauch-Klatscher ohne Wasser. Kendra rief laut aus dem Fenster: „Ben, hast du dir wehgetan?" Da kam es aus dem Gebüsch: „Nein, alles gut." Kendra schüttelte den Kopf und sagte lächelnd zu sich: „So ein Bruchpilot." Doch jetzt musste sie aber zur Mutter in die Küche. Sie band schnell ihre Haare zu einem Pferdeschwanz und da bereits einige Mädchen in ihrer Klasse mit Make-up experimentierten, bekamen Ihre Wimpern heute auch etwas Tusche. Ihr weißes T-Shirt hatte sie bereits angezogen; so schlüpfte sie nur noch in ihre Lieblingsjeans, zog das Jersey-Sweatshirt über und machte sich auf den Weg nach unten in die Küche.

Irgendwie war die Mathearbeit heute schwerer als die Letzte. Kendra schaffte nicht mal die Zusatzaufgaben. Okay, dachte sie, dann gibt es diesmal keine Zusatzpunkte. Da klingelte es auch schon zur Pause. In der letzten Stunde war Sport angesagt. Kendra kam mit Trixy zusammen als Erste aus der Umkleidekabine und sie wurden gleich von Herrn Bouba angesprochen: „Hallo ihr beiden. Das trifft sich gut, dass ich euch zusammen sehe. Ich habe mit Maja gesprochen, es geht um die Ritterspiele. Wie ihr eventuell schon wisst, planen sie aus besonderem Anlass dieses Mal eine Art Mixstaffel im Ritterturnier durchzuführen. Aber eben nur Tjostieren und Bogenschießen. Wie beim Biathlon würdest du Kendra mit Christian und Maja mit Trixy starten. Was sagt ihr dazu?" Trixy sprang förmlich aus ihrem Rollstuhl und umarmte Herrn Bouba, setzte sich aber gleich wieder in den Stuhl und sagte begeistert: „Das wäre echt super!" Kendra hob die Schultern und meinte: „Der Herr Graf hat es uns schon mitgeteilt.

Ich finde die Idee auch super." Jetzt kam noch Christian dazu und fragte verwundert. „Warum freut ihr euch so? Habe ich was verpasst?" Herr Bouba erklärte es ihm, doch Christian wusste Bescheid. Dieser schaute aber fragend zu Kendra. Er war sich nicht sicher, ob sie es sich richtig überlegt hatte und fragte sie sicherheitshalber nochmal: „Du weißt schon, dass die Wettkämpfe eine andere Kategorie sind. Bist du dir sicher, dass du es möchtest?" Kendra stupste ihn mit der Faust gegen seine Schulter und antwortete aufmunternd: „Nun stell dich nicht so an. Ich bin kein kleines Mädchen mehr und außerdem, bin ich doch mit dem Besten in einem Team." Da nahm sie seinen Kopf zwischen ihre Hände und gab ihm einen schnellen Kuss auf den Mund. Herr Bouba musste lächeln und Trixys Blick wurde romantisch. Herr Bouba räusperte sich und sagte: „Okay, dann treffen wir uns am Donnerstag nochmal beim Grafen auf der Trainingsstrecke."

Den ganzen Sportunterricht war Christian neben der Spur und als er vorbei war, wartete er draußen vor der Schule an der Eingangstreppe. Sein Herz klopfte bis zum Hals, als er nach Kendra rief. Die kam, wie als wäre nichts gewesen, zu ihm und fragte: „Na was ist noch, ich muss mit Trixy zu Frau

Milda wir treffen uns gleich." Er stammelte, als habe er vergessen, wie man spricht und sagte: „Ich, ich wollte sagen" und da kam ihm Kendra zuvor und schloss seinen Mund mit einem Kuss, blickte ihn fest in die Augen und sagte: „Ich weiß und viel Spaß beim Basteln." Dann zwinkerte sie ihm zu, drehte sich um und ging zu Trixy. Christian fand erst bei Ben in der Werkstatt seine Sprache wieder, als der ihm eine Zeichnung zeigte und fragte: „Und was sagst du zu der Konstruktion?" Da hörten sie einen Kleintransporter auf den Hof fahren. Ben ging nach dem Rechten sehen und sah nur, wie dieser wieder davonfuhr. Auf dem Hof stand der Herr Graf mit einem alten eingestaubten Seifenkisten-Mobil.

49 Das Kloster

Frau Burgbauer stand vor der großen spitzbogen-artigen Eingangspforte vom Kloster und betätigte das Läutwerk, in dem sie an einem Griff mit Kette zog, welches dann ein Glöckchen zum Klingeln brachte. Insgeheim freute sie sich auf das Wiedersehen mit Bruder Steffen, welchen sie zuletzt vor einem Jahr gesehen hatte. Sie beide kannten sich schon aus der Schule. Damals waren sie sogar eine Zeit lang ein Liebespaar. Dann musste er zur Armee. Ja, Steffen war früher anders. Sie fragte sich immer, was wohl passiert sein mag, das ihn dazu bewogen hatte, ein Mönch zu werden. Und wie sie so darüber nachdachte, öffnete ein großer und kräftig gebauter Mönch mit kurzen braunen Haaren den rechten hölzernen Türflügel der Eingangspforte. Er umarmte vor Freude Frau Burgbauer und begrüßte alle übrigen mit: „Herzlich willkommen im Kloster Felsenstein. Ich hoffe, dass ich euch weiterhelfen kann. Am besten verlieren wir keine Zeit und gehen sofort in die Klosterbibliothek."

Das letzte Mal hatten sie nur mit dem Abt des Klosters ein Gespräch geführt und konnten keinen Blick ins Innere des Klosters werfen. Die Klosteranlage bestand aus vier Gebäuden. Sie waren quadratisch angeordnet und durch Kreuzgänge untereinander verbunden. Gegenüber dem Haupteingang lagen die Klosterkirche und rechts daneben gleich die Küche mit Vorratskammer, Keller und Speiseraum. Visavis der Klosterkirche waren Schlaf- und Waschräume sowie der Speisesaal. Die Bibliothek, welche zur Hälfte früher mit als Krankenstation diente, befand sich gegenüber dem Speisesaal. Die Kreuzgänge waren Galerien mit Säulen und dem Innenhof zugewandt. Man hatte von diesen aus, einen herrlichen Blick in den Innenhof, wo sich der Klostergarten und ein Brunnen befand. Die Klosterbibliothek ähnelte dem Innenaufbau der Schulbibliothek, denn sie war auch in zwei Etagen unterteilt. Der Zugang lag bei den Unterkünften und war seitlich über den Galeriegang möglich. Auf der anderen Seite grenzte sie an den Kirchturm. Beim Betreten der Bibliothek sagte Bruder Steffen zu Frau Burgbauer: „Der Anruf von dir gestern ließ mir keine Ruhe. Ich habe bereits den gesamten Vormittag nach solch einem Buch gesucht. Ich wusste zwar von meinem Vorgänger, Bruder Bernhard, dass ein solches existierte. Doch selbst er kannte nur Geschichten darüber und hat es nie gefunden. Es gibt hier in der Bibliothek einen Bereich, der aus unerklärlichen Gründen Drachenflügel genannt wird. Dieser befindet sich auf der rechten Empore ganz hinten an der Wand zum Kirchturm, aber außer dem Relief im Bücherregal-Schrank ist da nichts weiter Auffälliges." Frau Milda und Kendra sahen sich gleich nickend an, als er die Lage des Schrankregals nannte. Frau Milda fragte Bruder Steffen: „Hat der Kirchturm ein Dachzimmer?" Er überlegte, kratzte sich dabei am Hinterkopf und sagte verlegen: „Das weiß ich nicht, jedenfalls ist mir keins bekannt." Da fragte Frau Milda Trixy: „Hast du deine Drohne mit dabei?" Diese antwortete mit militärischem Ton: „Jawoll, Ma'am." „Dann bilden du und Frau Gräfin jetzt das Außenerkundungsteam", kam es von Frau Milda auch in einem Befehlston und mit einem Augenzwinkern. Jetzt fiel bei Trixy der Groschen und sie sagte zur Frau Gräfin: „Na klar, bei unserer ersten Mission gab es auch ein verstecktes Dachzimmer, zu dem wir über so eine Empore durch eine Geheimtür gelangt waren. Wir mussten allerdings zuvor erst noch den angrenzenden Baum hinaufklettern, um das festzustellen. Die Drohne hat uns dabei viel geholfen."

50 Die Schussfahrt

Ben hatte zusammen mit dem Herrn Grafen und Christian das alte Seifenkisten-Mobil repariert und sogar mit einem neuen Anstrich versehen. Das Fahrzeug, welches die Form eines Schiffchens hatte, war nun rot lackiert und an den Seiten mit der Aufschrift, Drachenteam und vorne mit gelben Flammen versehen. Die Einstiegs-Öffnung war von Ben bis in die Seitenwände erweitert worden. Das ermöglichte einen besseren Einstieg und mehr Armfreiheit zum Steuern. Christian meinte: „Jetzt müssen wir nur noch eine Straße zum Üben finden." Dem Herr Graf kam dazu auch gleich eine Idee und sagte begeistert: „Meines Erachtens ist die am Schlossberg am besten dazu geeignet." „Was, an der Rennstrecke?", fragte Ben aufgeregt. Da winkte Herr Graf ab und sagte: „Nein, es gibt noch einen Wirtschaftsweg. Der ist auch asphaltiert und hat genügend Gefälle."

Der Herr Graf hatte nicht zu viel versprochen. Die Strecke war lang genug, begann mit einem beachtlichen Gefälle, wurde aber bis zur Hauptstraße flacher. Allerdings gab es da im Waldstück einige riskante Kurven, doch diese müssten zu meistern sein, meinte Ben optimistisch. Er hatte sich jedenfalls einen von Opas alten Werkstatt-Overalls angezogen. Für den Kopfschutz diente sein alter Fahrradhelm, welcher nicht so recht zu passen schien. Der Herr Graf hatte das Problem erkannt und Ben mit einem Augenzwinkern und den Worten: „Rennfahrer sollten solche Helme tragen.", seinen alten Helm gegeben, was Ben ein stolzes Lächeln in sein Gesicht zauberte. Da der Startplatz so gut wie kein Gefälle hatte, musste

Christian das Mobil anschieben, damit es richtig in Fahrt kam. Anschließend meldete er über Worki-Torki dem Herrn Grafen, dass Ben nun gestartet sei. Der Herr Graf stand unten am Ziel und drückte auf seine silberne Stoppuhr. Das erste Stück war für Ben fast zu langsam, doch dann wurde es rasant. Doch da bemerkte er, dass die Bremsen nicht reagierten und so nahm die Geschwindigkeit unkontrolliert zu. Die erste Kurve schaffte er auf zwei Rädern fahrend gerade so. Dann schoss er in die nächste, hier rettete ihn ein Erdhügel. Doch dieser bewirkte, dass er jetzt mit vollem Speed in die dritte fuhr, als dann das Lenkseil riss, blieb ihm nichts anderes übrig als voll auf einen flachen Hügel zuzurasen. Dieser wirkte wie eine Schanze und so flog er förmlich durch die Luft. Er dachte nur, hoffentlich lande ich weich.

Christian rieb sich die Augen, denn er wollte nicht glauben, was er da gesehen hatte und sprach ins Worki-Torki: „Hallo Herr Graf, haben sie das eben auch gesehen?" Die Antwort kam prompt: „Ja, ich konnte es auch kaum glauben. Ben ist mit dem Mobil durch die Luft geflogen. Wir hatten doch keine Flügel angebracht oder." Mit dieser Antwort wollte der Herr Graf nur die Situation beschwichtigen. Darum ergänzte er gleich: „Am besten, wir schauen sofort nach. Bring bitte den Notfall-Rucksack mit."

Als Ben wieder zu sich kam, hing er mitten in einem Tannenbaum und so wie er sehen konnte, stand das Seifenkisten-Mobil nicht weit davon in einem Busch. Zum Glück hatte ihn der Baum weich aufgefangen. Die paar Schürfwunden werden heilen und die Dreiangel im Overall wird seine Mutter reparieren. Das einzige Problem, was er jetzt hatte, war, wie kommt er den Baum herunter? Der letzte Ast schien ziemlich weit vom Boden entfernt zu sein.

51 Der geheime Zugang

Die Frau Gräfin und Trixy konnten weder im Innenhof noch im Außenbereich der Bibliothek Besonderheiten finden. Auch waren sie mit der Drohne das Kirchturmdach abgeflogen und hatten einen Blick durch das kleine Turmdachfenster ins Innere des Dachstuhls geworfen. Doch hier waren nur Dachbalken und Dachlatten zu sehen ge-wesen. Das Innenteam hatte inzwischen die Regale unmittelbar am Kirchturm komplett geleert, mit Bruder Steffens Hilfe untersucht und wieder eingeräumt. Jetzt standen sie vor den Regalen der unteren Etage und begannen diese auszuräumen. Frau Milda meinte etwas enttäuscht: „Hoffentlich finden wir hier etwas." Frau Gräfin und Trixy waren gerade hereingekommen und standen im Mittelgang der Bibliothek. Wie Trixy ein paar Fotos für ihre Aufzeichnungen machen wollte, bemerkte sie eine Unregelmäßigkeit und fragte Bruder Steffen: „Warum ist die untere Wand zum Kirchturm so viel dicker als die auf der Empore?" Er antwortete einfach: „Das hat bestimmt mit der Stabilität zu tun." Da mischte sich die Frau Gräfin ein, sagte: „Aber, das sind doch fast zwei Meter?" Jetzt schaute sich Bruder Steffen die Sache genauer an und meinte: „Sie haben recht, Frau Gräfin. Doch für eine Kammer wäre das viel zu schmal." In der Zwischenzeit hatten die anderen die Regale leer geräumt. Doch da waren keine Hinweise zu Geheimzugängen und Mechanismen zu erkennen. Nach einem kurzen Blick auf ihre Armbanduhr sagte Frau Milda bedauerlich: „Okay, dann brechen wir hier ab." Da stand auf einmal Trixy aus ihrem Rollstuhl auf und ging einen Schritt auf ein rundes Relief zu. Auf diesem war der Erzengel Michael zu sehen, wie dieser einen dreiköpfigen Drachen tötete. Sie versuchte, das Relief zu drehen, aber es bewegte sich nicht. Sie sagte lächelnd zu den anderen: „Einen Versuch war es wert." Doch wie sie sich wieder in ihren Rollstuhl setzen wollte, kam sie kurz ins Straucheln und mit ihrem Ellenbogen gegen das Relief. Da gab es plötzlich ein lautes Knacken und es verschob sich ein Regalteil. Bruder Steffen ging gleich hin und schob mit aller Gewalt diese Geheimtür auf und sagte erstaunt: „Da ist eine Art Abstellkammer mit schmaler Treppe in ein Kellergewölbe." Kendra fragte: „Was ist das dort für eine Blechplatte an der Wand?" Bruder Steffen ging etwas näher heran und antwortete: „Allem Anschein nach ist hier das gleiche Relief eingearbeitet wie am Türöffner. Nur ist es größer und schon stark abgenutzt." Frau Milda blickte jetzt wieder auf ihre Armbanduhr und sagte entschlossen: „Okay, für heute bleibt uns keine Zeit mehr für eine nähere Erkundung." Dann blickte sie zu Bruder Steffen und fragte: „Könnten wir morgen die Aktion fortsetzen, ohne dass der Abt gleich davon erfährt? Ich habe Bedenken, dass wir sonst dann keinen Zugang mehr bekommen." Er schaute kurz prüfen zur Eingangstür der Bibliothek und sagte dann mit einem Augenzwinkern: „Es ist doch ein Notfall, soweit ich weiß. Ich werde dem Abt sagen, dass wir noch einen Tag benötigen. Aber danach werde ich ihn informieren müssen! Treffen wir uns um die gleiche Zeit?" Frau Milda überlegte kurz und sagt: „Ich denke schon früher. Wir werden wohl schon gegen dreizehn Uhr da sein." Wie sie das sagte, schaute sie fragend in die Runde und alle nickten zustimmend. Sie ergänzte noch: „Ich werde mit Frau Direktorin Löwenberger und in Anbetracht der Dringlichkeit auch noch mit Herrn Kommissar Mausberger sprechen müssen. Durchaus kann es passieren, dass der Kommissar mit dabei ist." Frau Burgbauer, welche die ganze Zeit den Lageplan studierte, fragte noch: „Könnte das hier eventuell der Zugang zur vierten, noch zugemauerten Labortür sein?" Frau Gräfin antwortete: „Das ist nicht ganz auszuschließen, schließlich diente das Kloster im Krieg als Ersatzlabor."

Frau Milda öffnete die Tür zu ihrer kleinen Mansardenwohnung und ging schnurstracks zu ihrem Telefon und wählte die Nummer von Herrn Kommissar Mausberger. Dieser meldete sich mit: „Hallo Frau Milda, na noch eine Höhle entdeckt? Wenn das so weitergeht, werden sie noch zur Höhlenforscherin." Frau Milda antwortete lachend: „Das ist gar nicht so abwegig." Dann wurde sie ernst und sagte weiter: „Sie haben leider recht. Es gibt wahrscheinlich noch einen weiteren geheimen Gang vom Kloster zum Labor und ich nehme an, dass dieser zur vierten, jetzt noch zugemauerten, Tür im unterirdischen Labor führt. Könnten sie bitte veranlassen, dass diese morgen geöffnet wird?" Kommissar Mausberger antwortete zustimmend: „Nach dem, was mir Frau Doktorin Jansen heute zum Zustand der Patienten gesagt hat, sehe ich das sogar als dringend notwendig. Besonders, wenn dadurch Hilfe in Aussicht ist." Frau Milda sagte dankbar: „Vielen Dank für die Unterstützung. Gut wäre es, wenn es bis Mittag erledigt wäre. Ich rufe sie auf jeden Fall um die Mittagszeit an." Herr Mausberger verabschiedete sich mit: „Ich denke, das müssten wir hinbekommen. Dann bis morgen." Frau Milda bedankte und verabschiedete sich auch. Beim Auflegen des Telefonhörers gingen ihr nochmal die Worte vom Kommissar durch den Kopf und sie sagte zu sich mit einem Seufzer: „Hoffentlich werden wir morgen fündig; das Andere möchte ich gar nicht ausdenken."

52 Das Versteck des Drachen

Als Christian an der Unfallstelle vom Seifenkisten-Mobil eintraf, war der Herr Graf schon vor Ort. Er fragte: „Und wie geht es unserem Bruchpiloten?" Der Herr Graf antwortete: „Ich kann ihn nicht finden." Da rief es: „Ich bin hier oben. Kann mich nur nicht mehr lange halten." Christian sah hinauf und meinte spaßig: „Dieses Mal bist du aber zu hoch geflogen. Hier kommen wir nur mit einer Leiter ran. Doch ehe wir die hier haben, wirst du wohl schon heruntergefallen sein. Wir müssen uns jetzt schnell was ausdenken." Wie er das sagte, blickte er fragend zum Herrn Grafen. Dieser schaute sich um und sagte nachdenklich: „Irgendwie kommt mir der Platz bekannt vor." Dann ging er hinter den Hügel mit dem Busch, von dem das Seifenkisten-Mobil gestoppt wurde, und kam plötzlich mit einem Seil in der Hand wieder hervor. Er rief Ben zuversichtlich zu: „Es ist zwar schon ziemlich alt, aber für dich müsste es noch reichen." Damit er das Seil wie eine Schleuder benutzen konnte, befestigte er an dessen Ende einen Stein. Er zielte auf den kräftigen Ast über Ben und schaffte es, dass sich das Seil darüber legte. Das Gewicht des Steines zog dann das Seil zu Ben herab. Dieser griff gleich danach und rief nach unten: „Ich habe das Seil um mein rechtes Handgelenk gewickelt. Seid ihr so weit?" „Ja, kann losgehen", kam es von unten. Zur Sicherheit und besseren Kontrolle beim Herablassen hatte Herr Graf das Seil einmal um einen in der Nähe stehenden Baum gewickelt.

Sich die Handgelenke reibend, sagte Ben: „Danke euch, ich hätte mich vermutlich nicht viel länger oben halten können. Wo hatten sie eigentlich so schnell das Seil her, Herr Graf?" Der zeigte in Richtung des ziemlich beschädigten Seifenkisten-Mobiles. Da war ein Busch, hinter welchem sich scheinbar ein kleiner Erdhügel verbarg. Er sagte mit einem Lächeln: „Hier ist eine kleine Höhle. Wir haben als Kinder hier oft gespielt und das war unser Geheimversteck." Als sie vor dem Hügel standen, konnten Ben und Christian keine Türöffnung erkennen. Doch der Herr Graf griff einfach einen Wurzelstock und klappte eine mit Moos und Gräsern bewachsene Luke auf. Erst drinnen erkannte man, dass es eher eine Bude war. Die Seitenwände bestanden zum Teil aus dicken Holzgestellen. Der Herr Graf meinte, dass hier früher Köhler in solchen Unterkünften gelebt haben. Ben erklärte dazu: „Die haben Holzkohle für die Schmiede hergestellt. Mit Enddeckung der

Steinkohle wurden sie dann kaum noch gebraucht." Der Herr Graf nickte anerkennend und ging plötzlich eifrig auf eine Stelle zu, als wäre da etwas Besonderes. Es war eine Nische in der Wand. Dort betätigte er einen Wurzelstock wie ein Hebel und da ging eine kleine hölzerne Klappe auf. Er sagte erstaunt: „Da bist du ja, ich habe dich, wer weiß, wo gesucht." Dabei griff er in die Öffnung und holte eine schwarze Drachenfigur heraus. Sie war nicht größer als ein Handball und sah ziemlich mitgenommen aus. Der Graf hielt sie aber stolz in den Händen und meinte: „Das war unser geheimer Schatz. Vater hatte diesen immer als Briefbeschwerer auf seinem Schreibtisch und dann zum Kriegsende mir gegeben. Ich sollte ihn sicher aufbewahren. Er sagte noch, dass dieser Drache mir eventuell eines Tages helfen könnte. Vater machte oft solche seltsamen Bemerkungen. Mir war es egal, Hauptsache er war jetzt mein." Er übergab ihn Christian, als wäre es ein rohes Ei. Dieser war von der Skulptur begeistert. So eine filigrane Arbeit hatte er noch nie gesehen. Doch wie er ihn an Ben weiterreichen wollte, gab es einen kurzen Windstoß und die Eingangsluke schlug mit lautem Knall zu. Da Christian den Drachen aber bereits losgelassen und Ben ihn noch nicht richtig in der Hand hatte, fiel die

Skulptur auf den Boden. Und so wie es sich anhörte, auch noch auf einen Stein. Alle waren erschrocken. Der Herr Graf öffnete die Luke und Ben hob die Statur auf. Er prüfte gleich nach Beschädigungen, sah eine Schramme und sagte staunend: „Das hier ist ja pures Gold, oder?" und hielt dabei die Skulptur dem Herrn Grafen hin. Dieser konnte es erst nicht glauben, sagte aber dann staunend: „Ben, du hast recht. Hier, wo die schwarze Schicht sich abgelöst hat, schimmert Gold hervor." Jetzt mischte sich Christian ein und meinte: „Wenn der Drachen wirklich aus Gold ist, dann wird das hier bestimmt ..." Da Christian der Mund vor Staunen offen stand, beendete der Herr Graf den Satz: „Der Drachenschatz sein."

53 Das Geheimnis des goldenen Drachen

Die Meldung vom Drachenfund ging wie ein Lauffeuer durch die Gruppe. Frau Milda hatte dem Herrn Grafen telefonisch mitgeteilt, dass sie mittels eines speziellen chemischen Verfahrens die aufgebrachte Lackschicht ablösen wird. Den Drachen gab er dann Ben und Christian mit. Diese hatten ihn in Leinen gewickelt, in einen Beutel getan und in die Schule zu Frau Milda gebracht. Bei der Übergabe des Drachen sagte sie: „Ich denke, dass ich ihn bis zur Mittagspause fertig haben werde. Also sagt den anderen, dass wir uns erst hier in der Schulbibliothek treffen, bevor wir ins Kloster gehen."

Kendra sagte zu Christian: „Da hatte Ben ja noch mal großes Glück gehabt?" Er antwortete belustigt: „Und das in zweierlei Hinsicht." Mit sorgenvollem Blick sagte er noch: „Hoffentlich finden wir bald den Dolch und das Buch. Mutter macht sich große Sorgen um Vater. Sie wird übrigens heute mitkommen. Sie meinte, sie wird sonst verrückt im Kopf." Kendra sah ihn an und sagte mitfühlend: „Wir schaffen das, wir haben es immer geschafft." Etwas ängstlich entgegnete Christian: „Und wenn dieses Mal nicht?" Sie streichelte ihm im Gesicht und sagte zärtlich: „Diese Gedanken helfen uns nicht weiter und außerdem bist du nicht allein." Er hätte sie jetzt gerne geküsst, doch sie standen schon im Klassenraum und da wurde er auch schon von Ben angesprochen: „Waren da Buchstaben oder Symbole am Drachen?" Christian überlegte kurz und antwortete: „Schrift nicht, aber ich habe an beiden Seiten längliche Löcher am Sockel gesehen.

Eventuell kommt nach dem Entfernen der Farbbeschichtung noch etwas zum Vorschein."

In der letzten Unterrichtsstunde schaute Christian fast minütlich auf seine Armbanduhr. Hoffentlich hat Frau Milda etwas herausgefunden, dachte er noch, da klingelte es auch schon zum erlösenden Stundenende. Kendra und Ben schien es nicht anders zu gehen. Auch Trixy stand schon unruhig wartend im Gang vor dem Klassenzimmer und rief: „Wo bleibt ihr denn bloß? Ich halte es kaum noch aus."

Christians Mutter und Frau Burgbauer waren schon in der Bibliothek und unterhielten sich mit Frau Milda. Sie erzählte von dem Gespräch mit Kommissar Mausberger. Christians Mutter fragte skeptisch: „Und du meinst, der Gang führt bis zum Labor?" Frau Burgbauer nickte und antwortete: „Das wird bestimmt so sein, denn die Höhlenanlage stammt noch aus dem Mittelalter und ist über Tunnelgänge mit Schloss und Kloster verbunden. Das war vermutlich auch der Grund, warum man diese im Krieg für militärische Forschung benutzt hat."

Auf dem alten hölzernen Schreibtisch der Schulbibliothek stand nun der goldene Drache mit den drei Köpfen. Jeder wollte ihn anfassen, doch Frau Milda verbot es und begründete es mit: „Ich konnte ihn noch nicht konservieren. Darum bitte ich ihn nur anzusehen und nicht anzufassen. Jeder sagt am besten, was ihm am Drachen auffällt, denn außer ein paar Schlitze und runden Öffnungen konnte ich keine weiteren Besonderheiten erkennen."

Jeder hatte sich den Drachen genau angesehen und außer den Öffnungen nichts Besonderes feststellen können. Nur Trixy sah aus ihrer Rollstuhl-Perspektive, dass alle Öffnungen in Verbindung standen. Sie sagte: „So wie ich das sehe, bilden die beiden Schlitze links und rechts einen geraden, durchgängigen Tunnel. Die zwei Löcher auf der Vorderseite befinden sich in gleicher Höhe. Ich hatte früher einen Kalender, der war ähnlich. Man schob eine mit Zahlen beschriebene Leiste hinein. In den Löchern konnte man dann den Monat und den Wochentag ablesen." Da holte Frau Burgbauer ihr Vergrößerungsglas hervor und schaute sich die Schlitze genauer an und sagte: „Das stimmt, sie haben die Form einer Dolchklinge. Aber zwei

Zahlen sind für eine Verschlüsselung zu wenig." Frau Milda sagte optimistisch: „Jetzt wissen wir wenigstens, wie groß der Dolch sein müsste." Ben kommentierte lachend: „Dolch, das ist eher ein Brieföffner." Frau Burgbauer tippte mit ihrer rechten Hand an den Kopf und bestätigte: „Ben, du hast recht. Warum ist mir das nicht eingefallen?" Frau Milda warf einen Blick auf ihre Armbanduhr und sagte erschrocken: „Jetzt müssen wir aber los. Bruder Steffen wird schon warten." Ben fragte noch: „Kann ich Mailo mitbringen? Herr Buchwald muss zum Arzt und ich hatte versprochen, auf ihn aufzupassen." Frau Milda überlegte kurz und antwortete: „Warum eigentlich nicht. Vielleicht kann er uns behilflich sein."

54 Der Dolch

Frau Burgbauer fragte Bruder Steffen gleich bei der Begrüßung, ob der Abt zu sprechen wäre. Dieser antwortete: „Ich glaube, heute ist er unterwegs, aber am besten redest du mit Bruder Hannes. Der macht für den Abt die Büroarbeit und kann dir sagen, wann dieser wieder zu sprechen ist." Frau Burgbauer drehte sich zu Frau Milda und sprach: „Maxi, ich habe da eine Idee. Ihr braucht mich doch jetzt nicht sofort?" Frau Milda nickte, fragte aber neugierig: „Was hast du vor?" Frau Burgbauer antwortete mit einem Augenzwinkern: „Das sag ich dir später. Kann sein, dass es sich nicht bestätigt."

Frau Milda war dem Wunsch von Bruder Steffen nachgekommen und hatte ihn zusammen mit Kendra und Christian dem Erkundungstrupp zugeteilt. Die Frau Gräfin, Trixy und sie selbst bildeten wie immer die Einsatzzentrale. Der Herr Graf und Ben mit Mailo standen diesmal als Rettungstrupp bereit. Der Geheimgang war leicht zugänglich und etwas besser ausgebaut als die vorherigen Gänge. Bruder Steffen meinte: „Das ist kein alter Verbau. Dieselben Stützkonstruktionen werden jetzt immer noch im Bergbau hergestellt. Auch sehe ich da Elektroleitungen." Da kam Christian auf eine Idee und meldete über Worki-Torki: „Einsatzzentrale für Christian. Wir haben hier Lampen und Elektroleitungen. Könnt ihr nachsehen, ob es eventuell Lichtschalter gibt?" Da klingelte das Handy von Frau Milda, sie ging ran und sprach: „Milda, ach Herr Kommissar, was? Es ist alles verschüttet, kein Durchgang möglich, okay, danke für ihre Bemühungen, auf Wiederhören."

Da die anderen sie fragend anschauten, sagte sie bedauerlich: „Ein Durchgang bis zum Labor ist leider nicht möglich, da der Gang von da aus verschüttet ist. Aber ich schlage vor, dass wir trotzdem so weit wie möglich erkunden." Da meldete sich Christian am Worki-Torki: „Christian, für Einsatzzentrale, wir kommen in diesem Gang nicht weiter, da er verschüttet ist. Wir haben aber vorhin einen Seitengang gesehen." Frau Milda überlegte nicht lange und sagte kurz: „Okay, dann kommt zurück und seht euch nur noch diesen Seitengang an." Da rief Herr Graf: „Ich glaube, ich habe einen Lichtschalter gefunden." In dem Moment gab es eine Explosion und eine ziemlich starke Staubwolke kam aus dem Tunnelzugang.

Frau Burgbauer war durchs halbe Kloster gelaufen und stand nun vor einer großen hölzernen, mit Ornamenten versehenen Spitzbogen-Tür und klopfte kräftig dagegen. Wie erwartet, öffnete ein langer schlanker Mönch mit Bart die Tür. Er begrüßte sie freundlich mit: „Hallo Frau Burgbauer. Was führt sie denn in unsere ehrwürdigen Hallen?" Sie antwortete: „Bruder Hannes, du weißt doch bestimmt, warum wir hier sind?" Dieser nickte, blickte nach links und rechts, beugte sich vor und flüsterte: „Ja, aber offiziell sind sie wegen einer Besichtigung der Bibliothek hier." Frau Burgbauer antwortete auch flüsternd: „Ja, das ist auch richtig so, nur habe ich neulich, als wir den Abt besucht haben, auf seinem Schreibtisch einen Brieföffner gesehen. Den wollte ich mir mal genauer anschauen. Wäre das möglich?" „Wenn es weiter nichts ist. Na dann kommen sie am besten herein und wir schauen mal gemeinsam nach, wo er diesen liegen hat." Wie Bruder Hannes das sagte, zwinkerte er Frau Burgbauer zu und ließ sie herein. Er ging ihr aber voraus und betrat als Erster das Arbeitszimmer des Abtes. Frau Burgbauer folgte ihm und hatte natürlich beim Betreten des Zimmers sofort den Brieföffner entdeckt. Dieser sah auch aus, wie der Dolch, der in die Drachenskulptur passen könnte. Sie holte ein Lineal aus ihrer Tasche und verglich die Maße des Öffners mit dem in ihrem Notizbuch. Doch leider war er zu klein. Auf der Klinge waren auch weder Zahlen noch Buchstaben. Wie sie den Brieföffner wieder hinlegte, ging Bruder Hannes an einen kleinen Sekretär, öffnete die Schublade, entnahm etwas Langes und Spitzes, zeigte es Frau Burgbauer und sagte: „Vor Jahren habe ich mal Bruder Steffen in der Bücherei ausgeholfen und dabei den Dolch hier gefunden. Der ist zwar schwarz und ein wenig verschrammt, aber irgendwie bringt er mir Glück." Frau Burgbauer fragte flüsternd und mit einem Augenzwinkern: „Weiß, Bruder Steffen davon?" Er sagte schuldbewusst: „Nein, denn eigentlich wollte ich ihn mir nur ausborgen und ich hätte ihn bestimmt auch schon zurückgegeben, doch irgendwie wurde er nicht vermisst." Da sagte Frau Burgbauer beruhigend: „Okay, doch jetzt glaube ich wird er gebraucht, denn sein Bestimmungsort wurde gefunden." Bruder Hannes übergab den Brieföffner und in dem Moment hörte man einen lauten Knall. Frau Burgbauer befürchtete das Schlimmste und auch Bruder Hannes war sehr aufgeregt. Beide stürmten sie in Richtung der Staubwolken. So wie es aussah, kamen diese von der Bibliothek.

55 Im Brunnen

Als Christian aufwachte, spürte er einen stumpfen Schmerz am Kopf. Er konnte sich noch daran erinnern, dass sie auf dem Rückweg den Seitengang noch erkunden wollten. Kendra hatte dort Licht gesehen und war zusammen mit Bruder Steffen schon vorausgegangen. So wie er in den

Gang eingebogen war, hörte er auf einmal so ein elektrisches Knistern. Er hatte sich umgedreht, um nachzusehen, wo es herkam. Da sah er, wie im Hauptgang ein Blitz auf einen Stein, der wie ein Törtchen aussah, niederging. Sein letzter Gedanke war noch, hoffentlich ist das nicht so eine Sprengmine. Das war dann auch schon alles, an was er sich erinnern konnte. Zum Glück ging seine Stirnlampe noch. Doch vor lauter Staub konnte Christian nichts sehen. Er bemerkte aber, dass die Staubwolken in Richtung des Lichtscheins abzogen. Darum stand er auf und ging instinktiv in diese Richtung. Da war tatsächlich ein Grubenausgang. Je weiter er sich diesen näherte, sah er, dass da Kendra auf dem Boden saß. Ihm fiel ein riesiger Stein vom Herzen. Doch wo war Bruder Steffen? Kendra war noch ganz benommen und hustete. Christian sah, dass der Ausgang in einen Brunnen führte und ahnte, wo sie sich vermutlich befanden. Er sprach zu Kendra: „Geht es dir gut? Hast du dich verletzt?" Sie schüttelte den Kopf und sagte hustend: „Mir geht es soweit gut, aber Bruder Steffen. Er hat mich, als die Druckwelle kam, zurück in den Gang gestoßen, ist dabei aber selbst in den Brunnen gefallen." Jetzt wusste er, wo sie waren; es war der Klosterbrunnen. Er war ja selbst schon in diesem gelandet. Dieser hatte einige Tücken. Da waren nicht nur die Steinstufen, sondern auch der niedrige Wasserspiegel. Dieser war so niedrig, dass man von da aus die letzte Stufe mit eigener Kraft nicht erreichen konnte. Christian stürzte so schnell es ging zum Zugang. So wie es aussah, hatte sich Bruder Steffens Kutte in der letzten Treppenstufe verfangen. Dieser hing scheinbar bewegungslos darunter. Christian rief in den Brunnen: „Bruder Steffen, ist alles okay?" Aber da regte sich nichts. Das war für Christian kein gutes Zeichen. Da fiel ihm ein, dass er sich ja bei der Einsatzzentrale melden müsste und griff nach seinem Worki-Torki. Doch da war keins. Er musste es verloren haben. Da sprach er zu Kendra: „Mein Worki-Torki ist weg. Jetzt zurück in den Grubengang zu gehen, um es zu suchen, ist zu gefährlich. Soweit ich weiß, führen die Stufen im Brunnen hinauf bis zur Öffnung. Wenn du dazu in der Lage bist, wäre es am besten, du kletterst hoch zur Öffnung und rufst dort um Hilfe und ich versuche Bruder Steffen zu retten." Kendra nickte, stand auf, klopfte sich den Staub aus ihrer etwas zerrissenen Kleidung und machte sich auf den Weg. Als Christian nach Bruder Steffen schaute, spürte er auf einmal wieder seine Höhenangst. Klasse, dachte er, hoffentlich macht die mir jetzt keinen Strich durch die Rechnung. Da schaute er zu Kendra, welche ohne Weiteres nach oben kletterte und da hatte er eine Idee. Er fragte sich, was wäre, wenn er rückwärts runtersteigen würde. Dann müsste er nicht so oft nach unten sehen. So stieg er einfach die Treppe rückwärts, aber zur Sicherheit auf allen Vieren, hinunter. Unten angekommen sah er erst, woran sich die Kapuze tatsächlich verfangen hatte. Es war ein Stück Stahlrohr, das da aus unerklärlichen Gründen aus der Wand ragte. Christian legte sich mit dem Bauch über die Stufe, ließ seine Beine baumeln und stupste dabei Bruder Steffen mit seinen Füßen an. Jetzt kam auf einmal hektische Bewegung in die Kutte und Bruder Steffen rief erschrocken: „Was ist los? Wo bin ich?" „Ganz ruhig, Bruder Steffen, ich bin's, Christian. Es gab eine Explosion und die Druckwelle hat sie in den Brunnen geworfen. Das ist übrigens der Klosterbrunnen. Am besten, sie bleiben ruhig, nicht dass die Kutte reißt und sie ins Wasser fallen. Ich lasse gleich ein Stück Fallschirmleine herunter. Ich habe eine Schlaufe dran geknüpft. Am besten ist es, wenn sie mit dem Fuß in diese hineinsteigen. Dann ziehe ich ihren Fuß so hoch es geht und befestige das Seil an der Stufe. Nun müssen sie nichts anderes tun, als sich am Seil festzuhalten und das Bein mit dem Fuß in der Schlaufe durchzudrücken.

So müssten sie schließlich bequem die Stufe erreichen können." Christian hatte die Leine von seinem Rettungsarmband abgewickelt, eine starre Schlaufe hergestellt und diese dann zu Bruder Steffen heruntergelassen. Kendra war in der Zwischenzeit auch oben angekommen. Wie sie von Christian wusste, befand sich einen Meter vor der Brunnenöffnung eine Art Eisengitter. Sie hoffte, dass der Abstand ausreichen und man sie hören würde. Sie rief laut um Hilfe, aber es schien, als wenn es niemand hörte, denn es kam keine Antwort zurück.

56 Die Rettung

Frau Milda war fast den Tränen nah, als sie von Ben erfuhr, dass der Gang bis zum Einstieg verschüttet wurde. Trixy hatte zusammen mit Christians Mutter den Rettungsdienst und die Feuerwehr alarmiert. Den Herrn Grafen hatte die Druckwelle gegen ein Bücherregal geworfen. Frau Burgbauer half ihm auf und setzte ihn auf einen Stuhl. Anschließend begann sie den blutenden Kopf zu verbinden und sagte beruhigend zum Herrn Grafen, aber auch zu sich selbst: „Das wird schon wieder, es sieht schlimmer aus, als es ist. Hoffentlich ist es bei den anderen auch so." Ben fragte aufgeregt: „Habt ihr Mailo gesehen?" Trixy sagte: „Der ist durch die Tür, ich konnte ihn nicht aufhalten." Mit lautem Tatütata traf Feuerwehr, Rettungsdienst und die Polizei ein. Frau Milda schilderte die Situation und nannte auch die Vermissten. Christians Mutter war ganz aufgelöst. Frau Gräfin hatte sich ihr angenommen und tröstete sie. Kommissar Mausberger begutachtete zusammen mit Frau Burgbauer den Klosterhof, denn dort war eine Art Graben entstanden. Frau Burgbauer sagte aufgeregt: „Da ist ja auch Mailo!" Dieser rannte bellend um den Kloster-Brunnen. Kommissar Mausberger rief dem Einsatzleiter der Feuerwehr zu, dass diese den Hund einfangen und den Garten wegen der Einbruchgefahr absperren lassen sollen. Da kam Ben und rief erleichtert: „Da ist ja Mailo. Ich glaube, der hat was gefunden." Frau Burgbauer schaute sich den Verlauf des durch die Explosion entstandenen Grabens genauer an und sagte: „Der entstandene Graben zeigt doch den Verlauf des unterirdischen Ganges und dieser führt nicht weit am Brunnen vorbei." Alle drei schauten sich an, als hätten sie den gleichen Gedanken. Kommissar Mausberger rief zu Bruder Hannes: „Ist der Brunnen abgeschlossen?" Dieser ahnte auch, was der Kommissar dachte und bestätigte: „Ich hole schnell die Schlüssel." Derweilen sprach der Kommissar mit den Feuerwehrleuten und diese liefen gesichert bis zum Brunnen.

Bruder Steffen durchsuchte die Taschen seiner Kutte und sagte bedauerlich: „Ich muss meine Schlüssel beim Sturz in den Brunnen verloren haben." Kendra schlug vor: „Wir könnten mit einem Stein gegen die Stahlmatten schlagen." Da hörten sie plötzlich ein lautes Bellen. Kendra rief: „Das ist Mailo. Er hat uns gefunden. Mailo hier sind wir!" Ein wenig später schaute dann ein Feuerwehrmann über den Brunnenrand und da wussten sie, dass sie gerettet werden würden.

Als Frau Burgbauer die Nachricht hörte, liefen ihr gleich Freudentränen übers Gesicht. Sie griff sofort zum Worki-Torki und sagte vor Freude und mit Tränen in den Augen: „Wir haben sie gefunden. Sie haben sich in den Brunnen retten können. Die Feuerwehr versucht sie gerade da herauszuholen." Wie Frau Milda die Nachricht hörte, wurde ihr kurz schwindlig und sie musste sich setzen. Trixy fragte besorgt: „Ist alles in Ordnung?" Denn so hatte sie Frau Milda noch nicht erlebt. Diese antwortete erleichtert: „Wenn das hier schiefgegangen wäre. Ich hätte mir das nie verziehen." Trixy sagte beruhigend: „Das konnte doch keiner wissen, dass der Gang noch vermint war." Da sagte Frau Milda etwas streng: „Doch, ich hätte es wissen müssen, denn schließlich stand der Gang mit dem Labor in Verbindung." Jetzt stockte sie und sagte: „Aber warum eigentlich? Was ist hier besonders?"

57 Ein Fünkchen Hoffnung

Frau Milda stand im Sekretariat und wartete darauf, dass Frau Direktorin Löwenberger sie hereinrufen würde. Sie wusste, sie hatte dieses Mal den Bogen überspannt und sich von ihrer Sehnsucht nach Abenteuern hinreißen lassen. Dass sie dabei Jugendliche in Lebensgefahr gebracht hatte, war für sie unverzeihlich. Obwohl keine der Eltern ihr einen Vorwurf machten und es auch dementsprechend keine Anzeigen gab, bedeutete es noch lange nicht, dass es für sie keine Konsequenzen haben würde. Wie sie die Frau Direktorin Löwenberger kannte, musste sie im schlimmsten Fall mit einer Schulversetzung oder zumindest mit einer Abmahnung rechnen. Sie

wollte sich gerade eine Entschuldigung ausdenken, da ging die Tür auf und Frau Direktorin
Löwenberger kam heraus. Sie ging auf Frau Milda
zu und sagte etwas streng: „Die Sache gestern
hätte schlimm ausgehen können." Frau Milda
wollte gerade ihre Gegenargumente hervor-
bringen; da sagte Frau Direktorin energisch, aber
auch verständnisvoll: „Da es aber nur Sachschäden
gibt, haben der Kommissar Mausberger und ich
entschieden, die Sache als Unfall abzutun. Soweit
ich vom Abt weiß, ist nur der Abschnitt zwischen
Bücherei und Brunnen eingebrochen und dieser
soll sogar aus Gründen des Denkmalschutzes
wieder hergestellt werden. Wie weit sind sie
eigentlich mit ihrer Suche gekommen?" Frau Milda
antwortete kleinlaut: „Wir hatten gehofft, dass wir
in diesem Gang das Drachenbuch finden würden."
Da sagte Frau Direktorin Löwenberger aufmunternd: „Wir dürfen die Hoffnung nicht
aufgeben. Manchmal ist das Ziel klar vor unseren
Augen, wir können es nur vor lauter Kummer und
Sorgen nicht sehen." Da kam Frau Milda einen
Gedankenblitz. Sie bedankte sich für den guten
Ratschlag, verabschiedete sich und ging sofort in
die Bibliothek. Sie telefonierte und drehte den
Kopf der Eule, welche vor der Bibliothek in der
Nische stand. Damit wussten alle, dass sie sich

heute zur Mittagspause in der Bibliothek treffen würden.

Als Kendra und Christian an der Bibliothek eintrafen, war Ben gerade dabei, Trixy seinen Handstand auf einem Arm zu zeigen. Trixy wusste, wie es ausgehen würde und schubste ihn in den Gang, damit er nicht wieder bei den Zimmerpflanzen landet. Nun kam auch schon Frau Milda Kopf schüttelnd und sagte beim Öffnen der Bibliothek: „Ben, du lernst es einfach nie." Als sich alle um den alten Schreibtisch versammelt hatten, stützte Frau Milda beide Hände auf diesen, hob ihren Kopf, blickte dabei in die Runde und fragte energisch: „Was haben wir übersehen?" Keiner konnte die Frage beantworten, da klingelte das Telefon. Frau Milda nahm ab und meldete sich mit: „Frau Milda, Schulbibliothek. O, das klingt nicht gut, ich werde es ihm ausrichten. Wir werden nicht aufgeben. Sie haben da eine Idee. Okay, ich gebe Bruder Steffen Bescheid. Dann bis gleich." Als Frau Milda den Hörer auflegte, sah sie nicht gerade glücklich aus. Trotzdem sagte sie zuversichtlich: „Das war deine Mutter, Christian. Sie kam gerade aus dem Krankenhaus. Frau Doktorin Jansen meinte, wir sollten uns beeilen, der Zustand deines Vaters wird sonst kritisch. Sie sagte aber auch, dass ihr was eingefallen sei und wir uns nochmals in der Klosterbibliothek treffen sollten. Ich schlage vor, dass wir gemeinsam hinfahren. Wir treffen uns gleich nach der letzten Stunde vor der Schule. Ich sage, Bruder Steffen Bescheid."

58 Der Weg über die Mauer

Bruder Steffen empfing alle gleich vor dem großen Haupteingangstor. Er legte seinen rechten Zeigefinger auf den Mund und sagte im Flüsterton: „Offiziell ist die Bibliothek gesperrt. Das Bauamt muss erst die Standsicherheit bestätigen. Wir müssen also den Hintereingang benutzen. Dieser befindet sich, weiter hinten, zum angrenzenden Eichen-Park. Am besten, ihr folgt mir!"

Die alten Eichenbäume standen teilweise unmittelbar an der Klostermauer. Ihre grünen Blätterkronen reichten oft bis in das Kloster hinein. Als Bruder Steffen die alte Brettertür des Hintereingangs öffnen wollte, bemerkte dieser, dass zwar der Schlüssel schloss, doch die Tür sich nicht öffnen ließ. Irgendetwas musste sie versperren. Er sagte enttäuscht: „Heute Morgen funktionierte sie noch. Bestimmt haben die Bauarbeiter alles gesichert. Was machen wir nun?" Der Herr Graf sah die Enttäuschung bei Christians Mutter. Er räusperte sich und sagte entschlossen: „Dann klettere ich über die Mauer." Frau Gräfin sagte gleich: „Aber Albert, das ist doch viel zu riskant und besonders in deinem Alter. Außerdem könnte uns jemand sehen. Was sollen bloß die Leute denken?" Da protestierte der Herr Graf: „Ach papperlapapp, was gehen mich die Leute an. Wir müssen ein paar Leben retten." Jetzt mischte sich Frau Milda ein und sagte: „Das ist gar keine so schlechte Idee. Nur wenn die Sache schiefgeht, werde ich wohl diesmal nicht nur mit einem Tadel davonkommen. Okay, was haben wir zu verlieren? Frau Gräfin hat recht. Jetzt bei Tageslicht könnte die Sache Aufsehen erregen. Wer hat eine Idee, wie wir über die Mauer kommen?" Da meldete sich Trixy: „Wir könnten es so machen wie damals am Schulturm. So wie ich sehe, reicht der dicke Ast der Eiche hier bis über die Mauer. Wir können diesen zum Klettern an beiden Seiten nutzen." Der Herr Graf nickte und alle anderen stimmten zu. Da sagte Frau Milda in ihrem militärischen Ton: „In Ordnung, wir treffen uns dann heute zwanzig Uhr wieder hier. Bitte Nachtausrüstung mitbringen. Also Taschenlampe und so weiter sowie keine helle oder auffällige Kleidung anziehen."

Christian und Kendra stellten ihre Fahrräder etwas seitwärts an einem Busch im angrenzenden Park unter. Christians Mutter hatte das Kletterzeug und das Nachtsichtgerät von ihrem Mann mitgebracht. Der Herr Graf und die Frau Gräfin kamen mit dem gleichen Equipment. Bruder Steffen wartete im Klostergarten hinter der Mauer. Die Hintereingangstür war, wie er sich's schon dachte, mit Brettern verschraubt worden. Damit blieb also doch nur das Klettern als Alternative. Ben hatte zuvor ein Gewicht an die Seilenden befestigt. So konnte er die Seile gezielt über die Äste schleudern. Diesmal kletterte der Herr Graf zusammen mit Frau Burgbauer über die Mauer, dabei stieg er als Erster auf den Baum und befestigte gleich den Flaschenzug am Ast. Dieser gab Sicherheit und half, dass man ohne größere Kraftanstrengungen die Mauer hochklettern konnte. Auch das Abseilen ging so leichter. Als Letzte kletterte Kendra auf den Baum. Ihre Aufgabe war es, das Gelände mit dem Nachtsichtgerät im Auge zu behalten, um rechtzeitig über Worki-Torki vor ungewolltem Besuch zu warnen.

59 Das Drachenbuch

Frau Burgbauer, Bruder Steffen und der Herr Graf hatten sich dem abgesperrten Zugang genähert, da hörten sie plötzlich ein hechelndes Geräusch. Erschrocken versteckten sie sich hinter den Bücherregalen, da sagte Frau Burgbauer erstaunt: „Mailo wo kommst du denn her? Du siehst ja ganz zerzaust aus." Sie meldete gleich über Worki-Torki, dass Mailo jetzt bei ihnen ist.

Als die Nachricht von Mailo ankam, wurde Ben gleich rot und sagte verlegen: „Bevor wir los sind, war ich noch kurz mit ihm draußen. Dann hatte ich ihn ins Haus gelassen und vermutet, dass er wie immer gleich zu seinem Fressnapf in die Küche gelaufen ist. Der Schlingel muss sich irgendwie unbemerkt an mir vorbeigeschlichen haben."

Kaum in der Klosterbibliothek angekommen, stürzte sich Mailo laut bellend auf das Drachenbild am zugeschütteten Tunneleingang. Frau Burgbauer wollte ihn noch stoppen, doch da fiel das Bild herunter und eine Öffnung kam zum Vorschein, in welcher ein kleiner Jutesack lag. Seinem schlechten Zustand nach musste dieser schon sehr lange dort liegen. Er war stark verstaubt und von Mäusen angenagt worden. Bruder Steffen nahm ihn heraus und bemerkte schon beim Anfassen, dass es sich um ein Buch handeln musste. Plötzlich kam ein Funkspruch von Kendra: „Ihr müsst euch beeilen, da kommen zwei Mönche in eure Richtung." Bruder Steffen gab Frau Milda den Jutesack und sagte schnell: „Ihr geht jetzt am besten. Ich gehe den Mönchen entgegen und sage, dass ich den Hund bemerkt und eingefangen hätte." Wie besprochen, machte sich jeder auf seinen Weg.

Ben hatte die Nachricht gehört und Kendra gesagt, dass sie den Aufzug noch etwas mehr zur Mauer hin versetzen soll. Dadurch konnten Frau Burgbauer und der Herr Graf noch schneller und sicherer die Mauer überwinden. Frau Milda zog das Buch aus dem Jutesack und gab es an Frau Burgbauer. Diese prüfte es zusammen mit der Frau Gräfin. Beide bestätigten, dass es sich um das gesuchte Drachenbuch handeln musste. Aufgrund der Nachricht über den Gesundheitszustand von Christians Vater wollten sie zusammen mit Christians Mutter und Frau Milda dieses Buch noch heute Nacht auf das Geheimrezept überprüfen. Christians Mutter fackelte nicht lange und lud sie alle gleich zu sich ein. Frau Milda musste allerdings noch den Drachen mit Dolch und die Ausrüstung für die Untersuchungen holen. Der Herr Graf bot seine Unterstützung an, denn schließlich würde bestimmt noch einiges zu transportieren sein. Kendra und Ben holten Mailo von Bruder Steffen ab und hatten von Frau Milda die Order bekommen, ihn auch gleich nach Hause zu bringen. Tröstend sagte Christian bei der Verabschiedung: „Ich halte euch auf dem Laufenden. Dann bis morgen."

Die Seite, auf der sich die Formel befinden sollte, war schnell gefunden, nur da war keine Formel und auch keinerlei Hinweise. Christians Mutter wollte sich selbst überzeugen, nahm das Buch, schaute und konnte ihre Tränen vor Enttäuschung nicht zurückhalten. Ein paar Tränen fielen dabei auf die Buchseiten. Frau Milda wollte ohnehin diese Seiten durchleuchten und hielt sie zum Trocknen gegen die heiße Leselampe. Da bildeten sich plötzlich Zeichen auf dem Papier. Die Frau Gräfin schlug mit der Hand an ihre Stirn und sagte etwas lauter: „Eine Geheimschrift, warum bin ich nicht gleich darauf gekommen." Frau Burgbauer hielt jetzt vorsichtig die Seite wieder gegen die Leselampe. Christians Mutter fragte aufgeregt: „Ist das die Formel vom Gegenmittel?"

60 Otto von Hirschberg

Frau Doktorin Jansen hatte gleich Donnerstag früh die Formel an das Labor gegeben. Diese stellten fest, dass es sich um ein Medikament handelt, welches sogar noch heute angewandt wird. Sie war erst sehr skeptisch, da das Mittel zum einen eher bei anderen Krankheiten verabreicht wurde und zum anderen in Fachkreisen umstritten war. Da aber Christians Mutter unbedingt auf die Anwendung bestand und die dafür notwendigen Formulare unterschrieben hatte, wurde es verabreicht. Frau Doktorin Jansens Worte waren dabei: „Jetzt müssen wir nur noch beten und hoffen, dass es wirkt." Mittags wurden Frau Milda, Kendra, Trixy sowie Ben und Christian zur Frau Direktorin gerufen. Diese gratulierte allen zum Erfolg, gab aber auch die Beschwerden vom Abt des Klosters weiter. Daraufhin hatte Frau Milda gleich die Initiative ergriffen und noch für denselben Tag einen Termin beim Abt gemacht. Alle zusammen haben sie sich dann nach der Schule am Kloster getroffen, sich beim Abt entschuldigt und ihre Hilfe angeboten. Dieser zeigte Verständnis und sagte ruhig: „Verziehen sei euch allein schon deswegen, weil ihr es nicht für euch, sondern zur Rettung anderer gemacht habt.

Doch warum habt ihr nicht einfach gefragt? Versprecht, dass ihr mich das nächste Mal einbezieht. Übrigens, mein Name ist Nikodemus. Ihr dürft mich Bruder Nick nennen. Als ich so alt war wie ihr, habe ich mir auch solche Abenteuer gewünscht. Doch mein Vater war Priester und so musste ich fast jeden Tag in der Kirche aushelfen. Außerdem wollte er, dass ich das Orgelspielen erlernte. Dies bedeutete, wenn andere draußen Fußball spielten, saß ich an der Orgel." Frau Milda sagte noch entschuldigend, aber auch erfreut: „Natürlich Herr Abt, ich meine Bruder Nick, sie haben recht und sind in Zukunft herzlich eingeladen, wir können oft jede Hilfe gebrauchen.", dabei drehte sie sich zu den anderen und zwinkerte mit den Augen. Da nickten alle fast gleichzeitig, nur Ben, der hatte wieder mal nicht hingehört und war kräftig am Kippeln. So kam es, wie es kommen musste. Er verlor das Gleichgewicht und hielt sich auch noch an der Tischdecke fest, auf der ein hölzernes Kreuz stand. So landete er mit Decke und Kreuz im zum Glück nahestehenden Bücherregal. Wie er da so mit der Tischdecke zugedeckt und das Kreuz in der Hand am Bücherregal lehnte, sagte der Abt spaßig: „A, haben wir einen neuen Novizen?" Kendra sagte lachend: „Den Kasper können sie nicht bekommen. Der wird noch gebraucht." Jetzt mussten alle lachen.

Die Sonne stand am strahlend blauen Himmel, als hätte sie gewusst, dass Christian jetzt etwas Aufmunterung gebrauchen könnte. Die ersten Unterrichtsstunden waren sehr anstrengend gewesen und so kam ihm die Mittagspause jetzt sehr gelegen. Auch Frau Stamm, von der Essensausgabe, meinte es heute gut mit ihm und gab eine extra große Portion Spaghetti Bolognese auf seinen Teller. Mit seinem Tablett und gut gelaunt steuerte er geradezu in Richtung Kendra, als er plötzlich heftig von der Seite angerempelt wurde. Er versuchte Teller und Tablett noch auszubalancieren, konnte aber nicht verhindern, dass die Tomatensoße einen ordentlich großen Fleck auf sein weißes Hemd hinterließ. Der Verursacher sagte auch gleich mit gespieltem Bedauern: „Entschuldigung, Herr von Laufenfels." Da erkannte Christian, wer es war und konterte ironisch: „Ach nee, Otto, haben wir uns in der Schule verirrt. Diese hier war doch nicht standesgemäß." Dieser antwortete herablassend: „Du hast recht, es ist eher etwas für deines Gleichen. Ich habe nur Frau Direktorin Löwenberger meine Aufwartung gemacht.

Schließlich war sie meine Grundschullehrerin."
Christian war dabei, den Tomatensoßenfleck mit
seinem Taschentuch zu entfernen und fragte ihn
noch: „Sehen wir uns zum Turnier?" Otto
antwortete überheblich: „Du meinst zu den
kindischen Ritterfestspielen? Hab schon gehört,
dass du dabei bist. Noch ein Verlierer mehr. Ihr
solltet eure eigenen Turniere machen und uns
Profis den Ritterkampf überlassen." Da kam
Kendra dazu und fragte: „Benötigst du Hilfe?"
Christian blickte fest zu Otto und sagte: „Darf ich
vorstellen, das ist mein Cousin Otto von
Hirschberg. Wir waren mal Freunde, als er noch
hier in diese Schule ging." Da sagte Otto ironisch,
aber auch charmant: „Und mit wem habe ich die
Ehre." Kendra sagte beeindruckt: „Ich bin Kendra
und gehe zusammen mit Christian in die Klasse."
Er fragte Kendra ironisch: „Versteckt er sich immer
noch bei den Mädchen." Jetzt platzte Christian der
Kragen und er sagte energisch: „Wer sich hier
versteckt, ist wohl klar." Da antwortete Otto mit
etwas zugekniffenen Augen: „Dann lass uns das
doch morgen beim Turnier herausfinden!"
Christian wollte gerade lospoltern, da mischte sich
Kendra ein und sagte beruhigend: „Ich halt das für
eine gute Idee." Und wie sie das sagte, schob sie
Christian etwas von Otto weg. Dabei sagte sie zu

Otto „Es war schön, dich kennenzulernen, wir sehen uns dann morgen bei den Ritterspielen." Er antwortete charmant: „Ich freue mich schon darauf." Christian zugewandt, sagte er aber mit provokantem Unterton: „Erwarte keine Rücksicht, Halbblut!" Christians Antwort war ähnlich: „Damit habe ich auch nicht gerechnet."

61 Das letzte Training

Um die Situation etwas zu beruhigen, sagte Kendra zu Christian: „Gehe erst mal auf die Schultoilette und mach dein Hemd sauber. Ich schaffe das Essen in der Zwischenzeit zu Trixy, denn sie hat für uns auf der Terrasse einen Tisch reserviert. Als Christian sich dann an den Tisch setzte, fragte Trixy: „Wer war das denn?" Er wollte gerade wieder lospoltern, da mischte sich Kendra schnell ein und antwortete: „Das war sein Cousin Otto. Der wird auch morgen an den Ritterspielen teilnehmen." Dann drehte sie sich zu Christian und fragte ihn neugierig: „Und ihr wart echt mal Freunde?" Christian winkte ab und sagte nachdenklich: „Ja, und wir haben auch zusammen für die Ritterwettkämpfe trainiert. Doch er kam genau wie die anderen nicht damit zurecht, dass ich erfolgreicher war. Na ja, und da meine Mutter nun mal keine „von Sowieso" war, haben sie mich gehänselt und Halbblut genannt. Ich hatte dann keine Lust mehr, mich mit diesen Schnöseln abzugeben und habe mich abgemeldet." Trixy sagte mitleidig: „Das ist fies, warum hast du dir das gefallen lassen?" Christian beschwichtigte: „Das allein war es nun auch nicht. Die meisten von denen sind dann ohnehin auf Eliteschulen gegangen und so haben sich unsere Wege getrennt." Kendra sagte bedauerlich: „Schade eigentlich, haben wir morgen überhaupt eine Chance." „Und ob!", kam es plötzlich aus dem Hintergrund. Es war Herr Bouba. Er klopfte Christian die Schulter und sagte: „Viele Grüße vom Maja. Übrigens treffen wir uns heute zum Abschluss-Training nicht auf dem Turnierplatz, sondern auf dem Sportplatz. Der Turnierplatz ist von den Gästen besetzt." „Wieso wir, kommen sie etwa mit?", fragte Kendra. Herr Bouba antwortete ironisch mit einem Augenzwinkern: „Na klar, ich hatte doch versprochen, dass wenn ihr Hilfe benötigt, ich helfen werde. Der Herr Graf möchte lieber Ben beim Zusammenbauen seines Seifenkisten-Mobiles helfen und da hat er mich gefragt, ob ich aushelfen könnte." Trixy sagte erschrocken: „Das stimmt, an das Seifenkisten-rennen am Sonntagvormittag habe ich mit keiner Silbe mehr gedacht."

Maja half Christian in seinen Harnisch, prüfte alles und sagte: „Hätte nicht gedacht, dass er so gut sitzt. Jetzt noch der Helm dazu." Christian fragte neugierig: „Wo hast du denn so schnell Harnisch und Helm auftreiben können?" Sie antwortete schmunzelnd: „Auf dem Schloss meiner Eltern habe ich eine ganze Galerie von Ritterrüstungen. Aber keine Angst, das hier ist die Turnier-ausrüstung von meinem Vater. In seiner Jugend war er in fast jeder Disziplin ungeschlagen." Sie ergänzte ironisch und mit einem Augenzwinkern: „Er hat übrigens gesagt, dass es ihm nicht so wichtig ist, ob du sie ihm ganz zurückgibst. Hauptsache, du gewinnst den Pokal." Christian schaute auf die Uhr und fragte sich laut: „Wo nur Kendra wieder bleibt. Sie wollte doch schon längst da sein." Und als hätte er sie damit herbeigerufen, hielt das Auto von Kendras Mutter. Als Kendra ausstieg, konnte er sehen, warum sie erst jetzt eintraf. Ihr rechter Arm war verbunden und steckte in einer Halteschlaufe. Sie begrüßte alle und sagte traurig: „Ich bin mit dem Fahrrad gestürzt und habe mir Finger und Arm verletzt.

Frau Doktorin Jansen hat gesagt, es wäre nichts gebrochen, aber ich dürfte vorerst keinen Sport machen." Da sagte Maja sorgenvoll : „Na prima, wo bekommen wir so schnell einen Ersatz her?"

62 Die Ersatz-Bogenschützin

Als Kendra sich im Spiegel betrachtete, konnte sie sich einfach nicht satt sehen. Sie sah aus wie ein Burgfräulein im Mittelalter. Das weinrote Samtkleid mit den langen fallenden Ärmeln, die goldene Borte, der Gürtel aus demselben Material und die goldenen Sandalen warnen einfach wie für sie gemacht. Ihre schwarzen Haare hatte sie zum Zopf geflochten. Doch das Highlight war die goldene Spange, wenn da nur die Sache mit ihrem Arm nicht wäre. Hoffentlich hatten sie einen Ersatz für sie gefunden, sonst kann Christian nicht am Turnier teilnehmen. Doch daran wollte sie einfach nicht glauben. Bis jetzt hatten sie immer eine Lösung gefunden.

Trixys Vater hatte heute scheinbar den Taxidienst für alle übernommen. Kendra, Frau Milda und Frau Burgbauer waren die Ersten und wurden auch gleich von Frau Gräfin in Empfang genommen. Sie sagte begeistert: „Nun lasst euch mal anschauen. Meine Güte habt ihr euch herausgeputzt. Ich möchte heute nicht in der Haut der Ritter stecken. Die werden sich gar nicht richtig auf den Wettkampf konzentrieren können." Frau Burgbauer in ihrem grünen und Frau Milda im mokkafarbenem Samtkleid sahen wie richtige Burgfrauen aus. Und erst ihre Kopfbedeckung. Frau Burgbauer trug einen Spitzhut mit Schleier und Frau Milda eine Art Turban. Da fiel ihr Christian ein und sie ging zu den Stallanlagen. Dort fand sie ihn zusammen mit Schimmel Celestina. Die Rüstung stand ihm wirklich gut. Wenn sie nicht schon über beide Ohren in ihn verliebt wäre, so würde es jetzt wohl passieren. Er sah ziemlich deprimiert aus. Doch als er sie sah, kam ein Lächeln auf sein Gesicht. Sie gab ihm einen Kuss auf seine Wange und fragte vorsichtig: „Na, wie sieht es aus? Habt ihr schon einen Ersatz?" Er sah an sie vorbei und schüttelte mit dem Kopf. Jetzt kamen Maja und Trixy. Trixy hatte sich über ihrem Kleid noch ein Korsett aus Lederriemen gezogen. Doch was war mit Maja, die sah eher aus wie ein Knappe und nicht wie ein Turnierreiter. Deshalb fragte Kendra sie nach der Begrüßung: „Du hast ja gar keine Rüstung an?" Sie antwortete mit einem

Augenzwinkern, schaute dabei zu Christian: „Ich habe keinen Platz mehr für einen Pokal und außerdem hat Christian doch noch einen Knappen nötigt." Trixy ergänzte lächelnd: „Und ihr benötigt doch noch eine Bogenschützin, oder?" Da ging Christian auf Maja zu, umarmte sie und sagte voller Anerkennung: „Du bist eine wahre Ritterin und der beste Knappe, den ich mir denken kann." Jetzt kam Herr Bouba zusammen mit dem Herrn Graf. Sie riefen schon von Weitem: „Wo bleibt ihr denn bloß, es geht gleich los!"

Christian hatte bis jetzt jeden Zweikampf im Tjostieren gewonnen. Doch nun schmerzte sein linker Arm sehr stark. Herr Bouba war gerade fertig mit dem Verband und meinte: „Rocky, dieses Mal sieht es fast genauso aus wie beim letzten Boxkampf. Du bist zu sehr bedacht, dich zu schützen. Du warst zu langsam. Otto war zuerst an seinem Drehgestell. Dass er dich dann noch mit der Lanze gestreift hat, könnte auch ein Unfall gewesen sein." Von wegen, dachte Christian, denn wenn er nicht zur rechten Seite ausgewichen wäre, dann hätte der ihn nicht nur gestreift, sondern auch aus dem Sattel gestoßen. Ein Glück, dass Celestina so gut pariert hatte. Sie wird es wohl instinktiv geahnt haben. Der Ruf vom Herrn

Grafen, welcher gerade vom Bogenschießen kam, holte Christian aus seinen Gedanken. Dieser sagte begeistert: „Trixy hat es wieder geschafft. Damit sind wir punktgleich mit Otto von Hirschfeld."

63 Der Tigersprung

Als der Aufruf zum Entscheidungskampf kam, saß Christian bereits auf Celestina. Komischerweise war sie im Gegensatz zu ihm ruhiger und gelassener als er. Herr Bouba hatte seinen linken Arm mittels einer Schlaufe fixiert. Er sagte dabei: „Weißt du noch, was ich dir neulich zum Boxkampf gesagt habe? Es geht nicht immer bloß ums Gewinnen, viel wichtiger im Leben ist es, dass man kämpft. Nur wer nicht stehenbleibt und weiterläuft, wird irgendwann den Weg aus dem Wald finden. Ob du jetzt gewinnst oder verlierst, ist nicht so wichtig und bestimmt kein Zeichen von Ritterlichkeit. Du weißt, ohne Verlierer kein Gewinner, also kämpfe Schritt für Schritt, dann wird egal, was passiert, am Ende alles gut." Herr Bouba prüfte den Knoten und sprach noch: „So, das müsste jetzt halten. Ach, übrigens, da ist noch jemand, der dir Glück wünschen will." Es war

Kendra, die band ihr Schaltuch um die Lanze und sagte: „Maja meinte, das sei ein alter Brauch." Sie ergänzte noch mit einem Augenzwinkern: „Auch wenn du es nicht schaffen solltest, du bist jetzt schon mein Held in strahlender Rüstung."

Otto und Christian standen sich gegenüber und salutierten nach altbekannter Manier, in dem sie das Visier an ihrem Helm öffneten und wieder schlossen. Otto beugte sich vor und sagte noch bevor er sein Visier schloss: „Wenn du diesmal nicht aufpasst, stoß ich dich aus dem Sattel." Christian antwortete: „Mal sehen, ich wünsche dir übrigens auch einen festen Sitz." Dann ritt jeder an seinen Startplatz. Christian sah auf die Stoß-scheibe seines Drehgestelles und überlegte, wie er diese schneller als bisher erreichen konnte. Denn dann müsste Otto dem Strohsack ausweichen und soweit er sich erinnern konnte, war das doch dessen Schwachstelle. Doch wie sollte er das schaffen? War doch Otto immer eine Sekunde eher als er am Drehgestell. Da fiel ihm der Tigersprung ein. Diese Technik kannte er aus dem Radsport, dort nennt man ihn auch den Panthersprung. Man geht dabei leicht aus dem Sattel und schiebt das Rad ruckartig über die Ziellinie. Hier müsste er es allerdings mit der Lanze ausführen. Mal sehen, ob er das auf dem Pferd überhaupt so blitzschnell hinbekommt. Allerdings könnte ihm die Aufprallwucht die Lanze aus der Hand reißen. Er war noch im Gedanken, da fragte der Kampfrichter, ob er bereit wäre. Er bestätigte und da ertönte auch schon die Fanfare. Celestina startete wie von der Tarantel gestochen, als wusste sie, um was es hier geht. Aber auch Otto war gut unterwegs. Es schien fast, als würde Otto den Sieg holen. Doch da erhob sich Christian sprunghaft aus dem Sattel, streckte seinen Arm ruckartig vor und stieß mit ganzer Kraft seine Lanze zum Schild. Zwar hatte Celestina instinktiv recht-zeitig die Geschwindigkeit reduziert, trotzdem riss es ihm fast die Lanze aus der Hand und er hatte große Mühe, sich im Sattel zu halten. Das war knapp, dachte er noch, da sah er zu Otto rüber. Dieser hatte mit so einer Kaltblütigkeit nicht gerechnet und war so erschrocken, dass er sein Schild verfehlte und voll gegen Christians Strohsack stieß. Er musste seine Lanze fallen lassen und sich an den Strohsack festhalten, sonst wäre er auf die Reitbahn gefallen. Außerdem ritt sein Pferd einfach weiter, so hing er nun am Strohsack baumelnd über der Reitbahn. Christian hatte es bemerkt und übergab Maja, die schon freudig bereitstand, seine Lanze und ritt zu Otto auf dessen Reitbahn. Er positionierte sich neben diesen und sagte mit einem Augenzwinkern: „Na los, komm schon. Das nächste Mal gewinnst du." Otto nickte noch etwas durcheinander und setze sich hinter Christian auf Celestina. Nachdem er Otto abgeliefert hatte, ritt Christian in Richtung Stallanlage, wo er von allen jubelnd begrüßt wurde. Der Herr Graf und die Frau Gräfin waren ganz aus dem Häuschen. Der Herr Graf sagte stolz: „Wie in alten Zeiten. Ich wusste, dass du es schaffen würdest. Damit steht unser Name seit langem mal wieder auf der Siegerliste." Da kam Maja mit der Lanze und einem Stift und sagte begeistert: „Das, was du da gemacht hast, war ziemlich riskant; Hut ab, ich hätte es mir nicht getraut. Übrigens kannst du mir hier ein Autogramm auf die Lanze geben. Ich benötige noch etwas für meine Trophäensammlung." Doch als sie Kendra kommen sah, sagte sie mit einem Augenzwinkern: „Ach, das hat dann auch noch Zeit." Christian wusste, warum, sagte aber: „Ich danke dir übrigens nochmals, denn ohne Trixy würde ich hier nicht als Sieger stehen." Mit einem: „Einer für alle und alle für einen." Machte sich Maja mit Celestina auf zum Stall. Kendra konnte es nicht erwarten und umarmte ihn. Sie schaute ihm zärtlich ins Gesicht und sagte mit einem Lächeln:

„Ich weiß doch, dass du es allein ohne Maja und Trixy nicht geschafft hättest. Trotzdem bist du mein Held und außerdem muss ich dir erst einmal einen Kuss geben, damit du mir mein Schaltuch zurückgibst."

64 Zwei alte Freunde

Die Siegerehrung war vorbei; Christian hatte Trixy den Pokal überlassen und war in den Stall zu Celestina gegangen, um sie zu putzen. Sie hatte heute eine besondere Behandlung verdient. Schließlich war es auch ihr Verdienst, dass er Otto besiegen konnte. Außerdem wollten sie sich in zwei Stunden zum Abendprogramm treffen. Trixy war deswegen auch gleich nach der Siegerehrung verschwunden. Sie musste noch zu Ben, denn dieser hatte doch wieder einmal eine Wette mit Luka und der Akrobatik-Gruppe zu laufen. Deren Auftritt heute Abend wird die Hauptattraktion sein. Na, hoffentlich verletzt sich Ben nicht dabei, dachte er noch, da kam Otto um die Ecke und sagte: „Hallo Christian, können wir reden?" Christian nickte freundlich und striegelte Celestina weiter. Otto sagte verlegen: „Eigentlich wusste ich, dass wenn du jemals wieder dabei sein würdest, ich keine Chance mehr haben werde." Christian legte die Bürsten weg und sagte: „Das stimmt so nicht ganz und du weißt das. Wir haben immer zusammen gewonnen. Mal warst du Erster und mal ich. Vermutlich kann ich ohnehin nicht bei allen Wettkämpfen dabei sein und zudem warst du heute verdammt gut. Du wirst sehen, das nächste Mal kann es anders aussehen." Wie er das sagte, zwinkerte er ihm freundlich zu. Otto reichte ihm die Hand und sagte: „Ich möchte mich für mein Verhalten entschuldigen, wieder Freunde?" Christian tat so, als überlegte er, doch dann sagte er lachend: „Entschuldigung angenommen und ja, worauf du wetten kannst." Dann schüttelten sie sich die Hände. Otto sagte noch beim Gehen: „Du bist jederzeit auf Schloss Hirschberg herzlich willkommen." Als er ging, schaute Christian ihn noch mit einem Lächeln hinterher. Da kam Kendra und fragte: „Was wollte der denn?" Mit einem Lächeln im Gesicht sagte er: „Du wirst es nicht glauben, wir haben uns wieder vertragen." Sie fragte: „Das hätte ich nicht gedacht. Ach, übrigens soll ich dir helfen und hast du Trixy gesehen?"

Ben hatte wieder mal die viel zu große Latzhose an, eine rote Knollen-Nase im Gesicht und von Luca eine Clowns-Perücke mit blau karierter

Baskenmütze aufgesetzt bekommen. Luka sagte schmunzelnd mit seinem französischen Akzent: „So, mon ami, mal sehen, wer dieses Mal die Wette gewinnt? Übrigens, das hier ist Alfonso, unser bester Mann. Er wird dich fangen und werfen." Alfonso und Ben gaben sich die Hand und nickten sich zu. Dieser sagte spaßig: „Keine Angst, ich werde dich schon nicht fallen lassen."

Als Ben oben auf der Standfläche vom Trapez stand, merkte er erst einmal, worauf er sich da eingelassen hatte. Die Kulisse in fast zehn Meter Höhe sah gigantisch aus. Die Scheinwerfer leuchteten farbenprächtig. Als er auf dem Sprungabsatz stand, sagte Luka: „Du weißt, nur einmal hin und zurück. Mehr musst du nicht schaffen, um die Wette zu gewinnen." Jetzt kündigte Luka Ben an, indem er das Mikrofon nahm und laut sprach: „Sehr geehrte Damen und Herren, Ladys end Gentleman, Mesdames et Messieurs, wir haben keine Kosten und Mühen gescheut, um ihn heute Abend wieder als Gast begrüßen zu dürfen. Er beherrscht nicht nur Hochseil und Trapez, sondern er wird vor allem ihre Lachmuskeln extrem stark strapazieren. Doch jetzt möchte ich sie nicht länger auf die Folter spannen. Hier ist er, der unvergleichliche Benito."

65 Der fliegende Benito

Nun wurde es ernst für Ben. Ein Zurück war für ihn keine Option. Jetzt heißt es Augen zu und durch, dachte er noch, da fing Alfonso zu schaukeln an. Dieser hatte sich auf der Trapez-Schaukel gegenüber in Stellung gebracht und war bereit, ihn aufzufangen. Vor lauter Aufregung setzte er sich vorwärts auf die Trapez-Schaukel. Erst beim Schaukeln bemerkte er, dass er verkehrt herumsaß. Hätte er richtig herumgesessen, bräuchte er jetzt nur noch in den Kniehang zu rutschen und er würde genau sehen, wann Alfonso seine Hände ergriff. Was soll's, dachte er und ließ sich in dem Moment, wo er zu Alfonso schaukelte, einfach nach hinten fallen und hoffte, dass er so vom Rettungsseil gehalten auf dem Manege-Boden landen würde. Dann hätte er eben die Wette verloren. Doch es kam alles anders. Beim Umkippen bekam er so viel Schwung, dass er eine Art Rückwärts-Salto machte und da er seine Hände ausgestreckt hielt, konnte Alfonso diese rechtzeitig ergreifen. Doch nun hing er unter Alfonso und schaukelte, dass ihm die Arme schmerzten. Was jetzt? Fragte er sich. Doch ehe er sich versah, ließ Alfonso ihn los. Beim Absprung war er leider nicht hoch genug, hatte aber so viel Schwung, dass

es für eine Bauchlandung auf der zweiten Plattform reichte. Was Ben vor lauter Aufregung nicht
mitbekam, war, dass die Zuschauer die Aktionen
mit Beifall, Bravorufe und Gelächtern honorierten.
Erst beim Aufstehen realisierte er seine Umgebung
und winkte den Zuschauern zu. Inzwischen packte
ihn der Ehrgeiz, denn die Wette war fast
gewonnen. Jetzt nur nichts riskieren, waren seine
Gedanken. Doch mit solchen Gedanken fing bei
ihm das Dilemma oft erst an. Alfonso war in der
Zwischenzeit auf die andere Schaukel gewechselt.
Ben ergriff jetzt dessen Trapezstange. Er hielt sich
dieses Mal mit beiden Händen an der Querstange
der Schaukel und hoffte, dass Alfonso seine Füße
greifen und ihn dann so zur anderen Plattform
schleudern würde. Wie gedacht, so getan, nur
hatte Ben wieder so viel Schwung, dass er beim
Loslassen sich überschlug und nicht wie geplant
mit den Füßen, sondern wieder mit den Händen
von Alfonso aufgefangen wurde. Dieser bekam
aber vor Schreck, nur eine Hand zu greifen. Ben
strampelte so lange, bis Alfonso die andere Hand
zu fassen bekam. Das Publikum dachte natürlich,
dass dies zur Darbietung dazu gehörte und konnte
sich vor Lachen kaum auf den Stühlen halten.
Diese Aktion nahm Ben aber auch den nötigen
Schwung und so mussten sie beide gemeinsam

erst neuen Schwung holen. Doch Ben hatte sich vor lauter Angst zu spät von Alfonso gelöst. Was zur Folge hatte, dass er von oben in Lukas Arme fiel. Dieser konnte ihn dadurch nicht richtig auffangen, kippte nach hinten und fiel zusammen mit Ben auf die Plattform. So lagen nun die beiden eng umschlungen auf der Plattform. Das Publikum hielt es vor Lachen nicht mehr auf den Stühlen und rief laut, Bravo und Zugabe. Da sagte Luka so liegend zu Ben: „Wenn du jetzt die Zugabe machst, gibt es heute nicht nur Eis und Getränke umsonst, sondern ich mache auch morgen beim Seifen-kistenrennen den Hochleistungsanschieber für dich." Ben sagte außer Atem: „Aber nur einmal hin und her schwingen." „Okay, meinetwegen", kam es von Luka mit einem Augenzwinkern. Ben nahm seinen ganzen Mut zusammen, stellte sich an den Rand der Plattform und griff die Querstange der Trapezschaugel. Alfonso gab ihm ein Zeichen und Ben schwang so, dass er ihn bei den Füßen fassen konnte. Leider hatte Ben sich nicht gleich mit den Händen lösen können und die Schaukel kam aus dem Rhythmus. Alfonso erkannte es und wusste, dass es Ben so, wie geplant, nicht schaffen würde. Er rief ihm zu: „Mache beim Absprung eine Drehung um deine Achse." Instinktiv wusste Ben, was er damit meinte. Sie mussten aber dafür noch mal Schwung holen und Alfonso ließ Ben erst im letzten Moment abspringen. Dieser machte eine Art Pirouette in der Luft und griff rudernd nach der heran schwingenden Trapezschaugel. Er schaffte es aber wieder nur mit einem Arm, sich daran festzuhalten und musste dadurch dringend abspringen, denn er hatte keine Kraft mehr. Mit fast geschlossenen Augen schwang er den frei hängenden Arm in Richtung Plattform. Da war auf einmal eine Hand, die ihn fest am Arm griff und auf die Plattform zog. Es war Luka, der lächelnd sagte: „Ich kann doch mein Superstar nicht hängen lassen." Jetzt schwang sich noch Alfonso zu den beiden, gab Ben die Hand und sagte erstaunt: „Du hast aber auch ein Glück; stellenweise habe ich dich wirklich nur im letzten Moment fangen können." Ben antwortete, außer Atem und mit einem Lächeln: „Ich wusste doch, dass ihr mich nicht fallen lasst." Derweilen tobte und klatschte der ganze Schlosshof. Die Zuschauer riefen im Chor, stehend und im Rhythmus klatschend „Benito, Benito…". Voller Stolz verbeugte sich Ben mit Alfonso und Luca, als hätte er nie etwas anderes gemacht.

66 Das Seifenkistenrennen

Luka hatte Ben einen Overall von der Akrobatik-Gruppe geschenkt und begeistert gesagt: „So, min ami, jetzt siehst du wie ein richtiger Rennfahrer aus und du wirst sehen, die Mädchen werden dich lieben." Da sagte Trixy mit einem Augenzwinkern und einer Kusshand: „Das kann ich nur bestätigen." Dann holte sie einen nagelneuen Rennfahrerhelm mit Schutzbrille hervor und ergänzte: „Und hier noch der passende Helm dazu." Und wie sie diesen Ben auf den Kopf setzte, kam der Herr Graf mit schnellen Schritten und sagte ganz außer Atem: „Sie haben aufgrund der unerwartet vielen Teilnehmer die Wettkampf-regeln geändert. Es wird keine Einzelstarts geben, sondern es werden immer zwei Fahrer gegen-einander antreten. Der Gewinner bekommt dann dafür Zeit gutgeschrieben. Gezählt wird dann zum Schluss die Fahrzeit. Der mit der kürzesten Fahrzeit hat gewonnen."

Ben sah schon von Weitem, dass es Erik war, der da am Start stand. Auch noch gegen Erik dachte er noch so bei sich. Das letzte Mal ist er seinetwegen aus der Kurve geschleudert worden und wäre beinahe gegen einen Baum gefahren. Erik begrüßte ihn auch gleich mit: „Na du Loser, dass sie dich überhaupt starten lassen. Aber egal, gegen mich hast du eh keine Chance. Denk an das letzte Mal." Da ging Ben zu ihm und sagte mutig: „Ach Erik, lass es uns doch einfach herausfinden."

Als der Startschuss fiel, war es Lucas, der durch sein kräftiges und schnelles Anschieben Ben einen kleinen Vorsprung verschaffte. Doch Erik konnte irgendwie aufholen. Ben wusste, dass es ein Stück vor dem Ziel eine Kurve gab. Wenn Erik es hier schaffte, im Innenbereich zu fahren, würde er nicht nur ihn überholen, sondern er könnte ihn sogar ungesehen von der Straße drängen. Denn da war ein Hügel am Straßenrand, welcher verhinderte, dass man den Kurvenbereich ganz einsehen konnte. Ben machte sich so klein wie möglich, damit sich der Windwiderstand ver- ringerte und er schneller vorankam. Er schaffte es aber nicht. Ben sah, wie Erik siegessicher die Innenkurve ansteuerte. Diesmal ging Ben aber auf Nummer sicher und ließ sich auf keinen Zweikampf ein. Er nahm die Außenkurve, aber soweit innen wie nur möglich. Im letzten Moment sah er noch, wie Erik aus der Innenkurve auf ihn zusteuerte. Ben wusste, wenn er die Kurve ausfährt, drängt ihn Erik wieder von der Fahrbahn.

Er überlegte, was er dagegen tun könnte, da fiel ihm die Übungsfahrt ein. Als Erik rammen wollte, wich er aus und fuhr ungebremst geradezu in Richtung Hügel. Die hohe Geschwindigkeit ließ ihn außerdem keine andere Wahl. Er hielt einfach auf den Hügel zu, welcher parallel zur Rennstrecke stand, und hoffte, dass sein Plan aufging. Die Schräge am Hügel war zum Glück nicht steil, reichte aber, dass Ben mit seinem Seifenkisten-Mobil ungebremst hinauf rasen konnte und schließlich wie bei einer Schanze durch die Luft flog. Erik war durch Bens Manöver so erschrocken, dass er ins Schleudern kam und mit vollem Karacho ins Gebüsch fuhr. Ben dagegen flog und landete kurz vor der Zieleinfahrt. Der Herr Graf hatte zwar aufgrund des Trainingsunfalls Gestell und Radaufhängungen verstärkt, trotzdem brach bei der Landung das rechte Vorderrad und hing nur noch schleifend am Gehäuse. Doch Ben gab nicht auf. Er verlagerte sein Gewicht so gut es ging auf die linke Seite und schaffte es damit, dass er auf drei Rädern fahrend durchs Ziel kam.

Als Ben mit dem kaputten Seifenkisten-Mobil zum Startplatz kam, war er sich nicht sicher, ob die anderen sich überhaupt freuen würden, denn schließlich konnte keiner die spektakuläre Zieleinfahrt gesehen haben. Außerdem hatte er noch das Mobil geschrottet. Doch was war da für ein Gejubel als Ben in Sichtweite kam. Die Zuschauer standen auf und applaudierten. Der Herr Graf sagte zu Ben: „Alle Achtung, so ein Rennen habe ich lange nicht gesehen." Christian sagte, Vater hätte es im Krankenhaus auch gesehen und wäre derselben Meinung. Jetzt fragte Ben verwundert: „Wie gesehen?" Da stand Trixy auf, gab ihm einen Kuss und sagte: „Im Helm war eine Kamera und schau dort auf der Leinwand und auf den Handys konnten alle deine Fahrt miterleben. Ich denke, für heute bist du der berühmteste Rennfahrer von Nimmerstadt." Als Frau Milda ihm zum Sieg gratulierte, ergänzte sie noch: „Da hast du wieder einmal Kopf und Kragen riskiert. Meine Güte Ben, das hätte aber auch schiefgehen können." Da sagte Kendra und blickte verliebt zu Christian: „Ist es aber nicht, sondern es ist alles nochmal gut gegangen."